김정환
천자문

김정환 천자문

1판 1쇄 인쇄 2010년 1월 25일
1판 1쇄 발행 2010년 1월 30일

지은이 김정환
펴낸이 김진수
펴낸곳 사문난적

편집 하지순
영업 임동건
기획위원 함성호 강정 곽재은 김창조 민병직 엄광현 이수철 이은정 이진명

출판등록 2008년 2월 29일 제313-2008-00041호
주소 서울시 마포구 상수동 94-1 102호
전화 편집 02-324-5342, 영업 02-324-5358
팩스 02-324-5388

ISBN 978-89-94122-12-0 03800

김정환
천자문

사문난적

서문

한자 교육이 제대로 이뤄지지 않으면서도 학생들이 한자음을 소리글자 한글로 그냥 쓰는 일은 치명적인 인식의 블랙홀로 작용할 수 있다. 국어라는 단어와 나랏말이란 단어를 아무 생각 없이 병용하는 나라는 지구상에 없을 것이다. 국어를 계속 쓰려면 한자 國과 語, 그리고 한문을 가르칠 일이고, 한자와 한문 교육을 불필요한 것으로 하려면 국어는 버리고 나랏말만 써야 한다. 학문 용어의 경우 문제는 더 복잡해진다. 서양 학문 용어는 매우 간단하고 쉬운 일상 용어에서 비롯되지만 우리나라 젊은 세대는 뜻도 모르는, 그러므로 3중 4중으로 어려운 용어를 감당해야 하고 뉘앙스부터 너무도 난삽한 중국-일본식 한자를 무턱대고 외우느라 지쳐 재미를 느낄 수 없고 상상력 발현의 여지는 처음부터 가로막히기 십상이다.

옛 중국어 천자문은 감각 총체와 이성 총체를 결합한 아주 훌륭한 영재교육 교과서였다. 한문은 한 자 한 자가 그림의 상형문자며, 그림을 합쳐 뜻을 나타내는 표의문자고, 4자 시 250행으로 이뤄진 천자문은 우주와 역사, 그리고 철학을 문학으로 한데 아우른다. 말 그대로 문사철(文史哲)의 요체다. 옛 천자문 총체는, 그러나, 상고주의 때문에 더욱, 갈수록 닫혀가는 총체다. 이미 천자 중 3분의 1 이상이 사어로 분류되며, 인터넷에서 이 사어들은 문자가 아니라 정말 그림으로 뜨는 실정이다.

한자를 자연스럽게 익힐 수 있는, 새로운 문사철의 천자문은 그래서 필요하다. 이 책은 현재 고등학교 2학년 기준 백과에 걸쳐 꽤나 자주 사용되지만 정작 학생들이 한자 한 자 각각의, 그리고 결합의 뜻을 모르고 그냥 막연한 감으로 사용하는 한자 1,543개를 뽑아 만든 것이다. 신천자문〈신생(神生)〉은 말 그대로 그중 1천 자를 다시 골라 8자 시 125행 시로 구성, 한자와 천자문이 미래를 향해 최대한 열리게끔 만들었다. 병행된 한글 및 영문 번역글은 그 열림을 더욱 자극할 것이다. 한국어와 중국어, 영어 각각의 언어 총체와, 세 언어에 공통된 총체 언어를 어렴풋이나마 느끼게 되는 까닭이고, 이 세 언어는 세계의 주요한 문법들을 두루 망라하기도 한다. 딱히 직역은 아니므로, 한국어–중국어–영어의 3위일체가 오히려 뉘앙스 차이를 파고드는 효과도 있을 것이다. 우리말 번역은 될 수 있는 대로 낯익은 표현을 택했고 시적 효과를 위해 문장 순서를 바꾼 경우도 있다. 그러나, 한자 낱낱의 해설은, 다르다.

위치에 따라 같은 자가 명사, 형용사, 동사로 쓰이고, 자동사와 타동사로 쓰이는 것이 한문의 두드러진 특성이기는 하지만 기존의 일관된 ~할 식 한자 풀이는, 무엇보다 한국어 문법상 동사 형용사 구분을 모호하게 하므로 주 기능이 형용사인 경우 ~(은)는으로 동사인 경우 ~하다로 구분하여 풀었고, 한자 뜻을 다른 한자로 설명하는 중복, 심지어 같은 한자로(이를 테면 답할 答, 독 毒… 이런 경우가 반을 넘지 않나 싶다) 한자를 설명하는 터무니없음을 가능한 한 최대한도로 피하고 순우리말로 풀었으며, 순우리말이 없을 경우 각 한자가 생겨난 象形(그림), 指事(묘사), 會意(모임), 形聲(소리) 과정을 순우리말로 번역하였다. 한자는 오래된 문자고, 오래된 역사만큼 각 글자의 뜻이 발전해왔기 때문에 더욱, 그 처음을, 우리말로 들여다보는 것은 중요하고, 흥미진진한 일이다. (그러다 보면, 우리말이 더 먼저인 경우도 발견되지 않겠는가.)

남은 자들로 지은 〈이야(以也)〉(8자 시 68행. 마지막 1행은 단순한 글자 모음)는 이를 테면 〈신생〉이라는 본격 오페라 중간에 삽입하는 막간 오페라 부파(opera buffa), 웃기는 한 토막이다. (물론 우리는 오페라 부파가 오페라 세리아를 능가해버린 시대에 살고 있다.) 내용은 대체로 모계 사회 시절 사내의, 사회와 여성에 대한 푸념이지만 여러 뜻으로 해석될 소지가 많으므로 자세한 번역은 생략한다. 주 용도가 어조사인 한자들만 모은 첫 행은, 느낌표가 없는 제기랄쯤 될 것이다.

나는 이 책의 내용과 체계가 발전을 거듭, 이성 및 감각은 물론, 언어 이전과 언어 이후 예술 장르 총체 능력까지 판단하는 리트머스 시험지, 그리고 영재교육 기초 과정 교과서 수준에 달하기를 바란다.

2010년 1월
김정환

들어가기

한자 부수, 뜻과 소리의 시작

一 일 하나

丨 곤 위아래로 꿰뚫다

丶 주 점 찍다

丿 별 삐치다

乙 을 둘째

亅 궐 갈고리

二 이 둘 두

亠 두 뜻 모름*

人亻 인 사람

儿 인 걷는 사람

入 입 들다

八 팔 여덟

冂 경 먼데

冖 멱 덮다

冫 빙 얼음

几 궤 앉은 팔 기대는 나무

凵	刀刂	力	勹	匕	匚	匚	十
감 구덩이	도 칼	역 힘	포 감싸다	비 숟가락	방 모난 그릇	혜 감추다	십 열

卜	卩	厂	厶	又	口	囗	土
복 금점	방 믿는 바쪽	한 비탈 움	모 나만의 것	우 또	구 입	위 에우다	토 흙

士	夂	夊	夕	大	女	子	宀
사 ^선_비	치 ^{뒤처져}_{오다}	쇠 ^{천천히}_{걷다}	석 _{저녁}	대 _큰	여 ^계_집	자 ^아_들	면 _집

寸	小	尢 兀 允	尸	屮	山	巛 川	工
촌 ^마_디	소 ^작_은	왕 ^{절름}_{발이}	시 _{주검}	철 ^풀_싹	산 _메	천 ^시_내	공 ^곱_자

己	巾	干	幺	广	廴	廾	弋
기 내몸	건 곤헝겊	간 막는 조각	요 작을	엄 집	인 큰 걸음으로 계속 달리다	공 두 손으로 들다	익 주살
弓	크	彡	彳	心	戈	戶	手
궁 활	계 돼지머리	삼 터럭	척 작은 걸음으로 걷다	심 마음	과 찌르는 꼬챙이	호 지게	수 손

14

支	攴	文	斗	斤	方	无	日
	채찍으로 치다						
지 버티다	복 치다	문 글	두 말	근 도끼	방 모	무 없는	일 해

曰	月	木	欠	止	歹	殳	毋
				사람 발자국 그치다	앙상한 뼈	날카로운 걸로 치다	함부로 말라 꿰뚫다
왈 말하다	월 달	목 나무	흠 하품	지	알	수	무

比	毛	氏	气	水	火	爪	父
나란히 견주다 **비**	모 털	씨 집안	아지랑이 **기**	수 물	화 불	조 손톱	아버지 **부**

爻	爿	片	牙	牛	犬	玄	玉
나뭇가지 점 **효**	왼쪽 나무 조각 **장**	오른쪽 나무 조각 **편**	어금니 **아**	우 소	견 개	그을하고 먼 붉은 노곤은 검정 매듭 **현**	옥이라 부르는 돌 **옥**

瓜 과 오이

瓦 와 기와

甘 감 달다

生 생 나다

用 용 그릇 맞은 점 쓰다

田 전 밭

龱 소 무릎 아래 다리

疒 녁 몸 져 눕다

癶 발 두 발 벌려 걷다 등지다

白 백 하양

皮 피 가죽

皿 명 그릇

目 목 한 눈

矛 모 끝이 꼬부라진 긴 찌르는 꼬챙이

矢 시 화살

石 석 돌

示	内	禾	穴	立	竹	米	糸
하늘 낌새 보이다一내림	짐승 발자국	벼	구멍	서다	대	쌀	가는 실
시	유	화	혈	입	죽	미	멱

缶	网	羊	羽	老	而	耒	耳
질그릇	그물	뿔머리흰털몸네발짐승	깃	늙다	그리고 그러나 그러므로 늘어진 수염	쟁기	귀
부	망	양	우	노	이	뢰	이

聿	肉月	臣	自	至	臼	舌	舛
		머리 숙이고 두 손 받든 사람					어그러지다 / 발을 맞대다
율 붓	육 고기	신	자 스스로	지 이르다	구 확	설 혀	천

舟	艮	色	艸	虍	虫	血	行
	나아가기 어려운	낯빛 / 빛깔		범무늬			
주 배	간	색	초 풀	호	훼 벌레	혈 피	행 다니다

<table>
<tr><td>衣</td><td>両</td><td>見</td><td>角</td><td>言</td><td>谷</td><td>豆</td><td>豕</td></tr>
</table>

衣 · 의 · 옷

両 · 아 · 위아래로 덮고 가리다

見 · 견 · 저쪽으로 보다

角 · 각 · 뿔

言 · 언 · 말하다

谷 · 곡 · 골짜기 물길

豆 · 두 · 번개 내림에 바치는 먹거리 그릇

豕 · 시 · 돼지

<table>
<tr><td>豸</td><td>貝</td><td>赤</td><td>走</td><td>足</td><td>身</td><td>車</td><td>辛</td></tr>
</table>

豸 · 치 · 사나운 짐승 발 없는 벌레

貝 · 패 · 조개

赤 · 적 · 큰불 빨강

走 · 주 · 달리다

足 · 족 · 무릎 아래 다리 발

身 · 신 · 몸 애밴 여자

車 · 거 · 수레

辛 · 신 · 매운 벌침

辰	辵	邑	酉	釆	里	金	長
다섯째 지지 / 별 / 해달별 / 내민 조개 용	쉬엄쉬엄 가다	고을	술 익는 항아리 / 닭 / 열째	나누고 가르다 / 길을 잃다 / 짐승 발자국	마을	쇠	긴 / 자라다
진	착	읍	유	변	리	금	장

門	阜	隶	隹	雨	靑	非	面
나들이 / 들여닫이	언덕	닿다	꽁지 짧은 새	비	푸른 / 하늘	아니 / 어긋나다	낯
문	부	이	추	우	청	비	면

革	韋	韭	音	頁	風	飛	食
털 벗긴 가죽 고치다 **혁**	어긋나다 무두질한 가죽 **위**	부추 **구**	소리 **음**	얼굴 **혈**	바람 **풍**	날다 **비**	밥 **식**

首	香	馬	骨	高	髟	鬥	鬯
머리 **수**	내음 **향**	말 **마**	살이 붙은 뼈 **골**	높은 **고**	머리털 늘어지다 **표**	싸우다 **투**	울창주 술 **창**

鬼	鬲	魚	鳥	鹵	鹿	麥	麻
귀 무시무시한 죽은 얼	력 솥	어 물고기	조 새	로 짠밭	녹 사슴	맥 보리	마 삼

黃	黍	黑	黹	黽	鼎	鼓	鼠
황 누렁	서 기장	흑 검정	치 바느질하다	민 맹꽁이	정 솥	고 북	서 쥐

鼻	齊	齒	龍	龜	龠
비 코	제 가지런한	치 이빨	용	귀 거북	약 피리

뽈머리뱀비늘살갗몸네발날짐승

본

新千字文 神生
새천자문 거룩한 탄생
A New Chinese Thousand-Character Text God-birth

神秘天地間日常色

신비는 하늘과 땅 사이 일상의 빛깔
Mystery is color of the ordinary between heaven and earth.

신화, 인간 사회를 닮아가는 성스러운 말
천문학, 대우주의 소우주 속으로
신권, '신화=정치=종교'

神 형성문자 번개 내림 신	秘 형성문자 숨기다 비	天 회의문자 하늘 천	地 형성문자 땅 지
間 회의문자 사이 간	日 상형문자 날 일	常 형성문자 늘 상	色 회의문자 낯빛, 빛깔 색

重力類悲嘆安息處

중력은 슬픔을 닮은 안식처
Gravity is the rest-place resembling sorrow.

농학, 중력으로 돌아가는 과학
경제학, '경제=배움'

본

原核元素基本質量

물질은 더 작은 물질 속 더 작은 질량

A matter is a particle room where smaller matters by each's own quality-quantity.

물리학, 대우주에서 소우주 속으로

原 회의문자 처음 원	核 형성문자 씨 핵	元 지사문자 으뜸 원	素 회의문자 흰 소
基 형성문자 터 기	本 지사문자 바탕-틀 본	質 형성문자 바탕-것 질	量 형성문자 되를 재다 량

微粒中室秩序均衡

끝없는 방 속의 방, 질서와 균형이다.
Make the order-balance, and endless room in room in room...

전자공학, 기적을 낳는 전자의 상상력

微 형성문자	粒 형성문자	中 지사문자	室 회의문자
아주 작은 미	알갱이 립	가운데 중	안채 실
秩 형성문자	序 형성문자	均 형성문자	衡 회의문자
몇 째 질	앞머리 서	고른 균	저울대 형

固定昇華液流蒸發

고체는 모양이 있다. 액체는 흐른다. 둘 다 기체로 사라진다.
The solid forms to sublimate and, the liquid flows to evaporate.

화학, 소우주에서 대우주 속으로

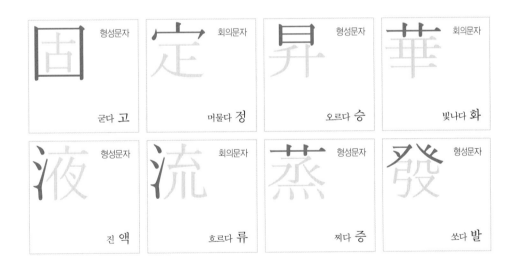

生命宇宙舞踊音樂

생명은 우주의 무용이자 음악
Life is dance and music of cosmos.

생물학, '대우주=소우주' 의 생명 속으로
바이오테크놀로지, '생명=건축'

心喜怒哀懼愛惡欲

마음은 기쁘고 노엽고 슬프고 두렵고 사랑하며 싫어하고 바라는 마음이다.
Heart delights, gets angry, feel sad, fears, loves, hates, wants.

심리학, '심리＝배움'

心 형성문자	喜 회의문자	怒 형성문자	哀 형성문자
마음 심	기뻐하다 희	성내다 노	슬퍼하다 애
懼 형성문자	愛 형성문자	惡 형성문자	欲 형성문자
눈을 크게 뜨고 두려워하다 구	사랑하다 애	싫어하다 오	바라다 욕

頭腦龍虎鳳羽場所

두뇌는 용과 호랑이가 싸우는 장
Brain is the dragon-tiger fighting burning place.

자동제어와 인공지능, 통계의 예측화와 인간화

頭 형성문자 머리 두	腦 회의문자 골 뇌
龍 형성문자 뿔머리뱀비늘살갖몸 네발날짐승 용	虎 상형문자 범 호
鳳 형성문자 닭머리뱀목제비턱 거북등물고기꼬리 오색무늬깃날짐승수컷 봉	羽 상형문자 깃 우
場 형성문자 마당 장	所 형성문자 바 소

思可速光深奧海洋

생각은 빛보다 빠르고 바다보다 깊다.
Thought goes faster than light and deeper than sea.

생각, '천지=인간=사회'의 대우주와 소우주를 파악하고 세우고 아름답게 하다

此冥世上出入口臍

이 세상과 저 세상 사이 출입구가 배꼽이다.
Navel is entrance and exit between this and the other world.

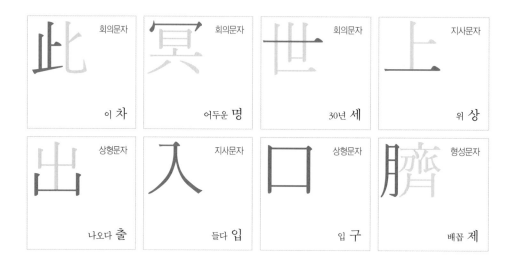

此 회의문자 이 차	冥 회의문자 어두운 명	世 회의문자 30년 세	上 지사문자 위 상
出 상형문자 나오다 출	入 지사문자 들다 입	口 상형문자 입 구	臍 형성문자 배꼽 제

중국 왕조별 영토

몽골

인도   티베트

■ 은왕조 BC 1500~BC 1027
■ 주왕조 BC 1027~BC 256
■ 진왕조 BC 221~BC 206
■ 한왕조 BC 202~AD 220

我卵寓動睡眠植物

내 안에 우화로 웅크린 동물과 식물
Animals and plants are egged in me.

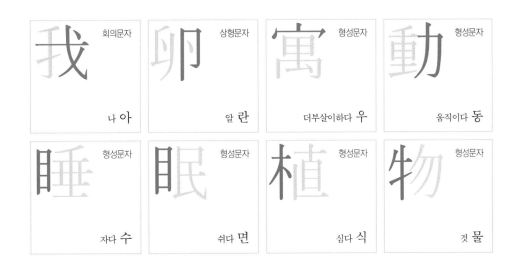

我 회의문자 — 나 아	卵 상형문자 — 알 란
寓 형성문자 — 더부살이하다 우	動 형성문자 — 움직이다 동
睡 형성문자 — 자다 수	眠 형성문자 — 쉬다 면
植 형성문자 — 심다 식	物 형성문자 — 것 물

예술의 장르

감각적 소재
①선 ②불륨 ③색 ④빛 ⑤운동 ⑥어음 ⑦음악

재현적 예술　비재현적 예술

▶ 프랑스 미학자 수리오가 그린 예술 장르 도표. 감각 소재에 따라 원을 7개 부채꼴로 나누고 외원(재현예술)과 내원(비재현예술) 구분을 입혔다.

魚鳥兩棲爬蟲哺乳

물고기, 새, 개구리, 뱀, 젖먹이 짐승들
Fishes, birds, amphibians, reptiles, mammals crouch as a fable,

魚 상형문자 물고기 어	鳥 상형문자 새 조	兩 상형문자 둘 다 양	棲 형성문자 살다 서
爬 형성문자 굵은 파	蟲 회의문자 벌레 충	哺 형성문자 먹이다 포	乳 회의문자 젖 유

본

紅黃綠花種子果樹

울긋불긋 꽃들, 과일나무
The colorful flowers, the seed-fruit trees,

紅 형성문자 붉은 홍	黃 회의문자 누렁 황
綠 형성문자 풀 푸른 녹	花 형성문자 꽃 화
種 형성문자 씨 종	子 상형문자 아들 자
果 상형문자 열매 과	樹 형성문자 나무 수

針葉枝根藻羊齒門

바늘잎사귀, 가지, 뿌리, 미역과 고사리
Needle-leaves, boughs, roots, algae and ferns sleep in me.

針 형성문자 바늘 침	葉 형성문자 잎 엽	枝 형성문자 가지 지	根 형성문자 뿌리 근
藻 형성문자 말 조	羊 상형문자 뿔머리흰털몸 네발집짐승 양	齒 형성문자 이빨 치	門 상형문자 나들여닫이 문

그리스와 페니키아의 식민지 및 교역

본

眼視耳聽鼻嗅舌嘗

눈은 본다. 귀는 듣는다. 코는 냄새 맡는다. 혀는 맛본다.

Eye sees, ear hears, nose smells, tongue tastes,

眼 형성문자 두 눈 **안**	視 형성문자 이쪽으로 보다 **시**	耳 상형문자 귀 **이**

聽 회의문자 귀 기울여 듣다 **청**		
鼻 형성문자 코 **비**	嗅 회의문자 냄새 맡다 **후**	舌 회의문자 혀 **설**
嘗 형성문자 맛보다 **상**		

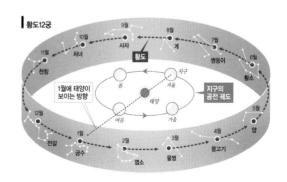

황도12궁

感覺情報交通運送

감각이 정보를 실어 나르는 교통
Senses transport informations and traffic.

정보통신기술, 과학의, 내용을 능가하는 형식

感 형성문자	覺 회의문자	情 형성문자	報 회의문자
느끼다 감	깨닫다 각	마음 뜻 정	알리다 보
交 상형문자	通 형성문자	運 형성문자	送 형성문자
시귀다 교	뚫다 통	나르다 운	보내다 송

본

臭豫膚接聲歡味結

냄새는 미리 오고 살갖은 만나고 소리는 기쁘고 맛은 마무리다.
Smell comes before, skin meets, sound is glad, taste ends.

臭 회의문자 냄새 취	豫 형성문자 미리 예	膚 형성문자 살갖 부	接 형성문자 닿다 접
聲 형성문자 들리는 소리 성	歡 형성문자 기뻐하다 환	味 형성문자 맛 미	結 형성문자 맺다 결

이슬람의 확장

대서양 / 프랑크왕국 / 이베리아 / 롬바드왕국 / 비잔틴 제국 / 아르메니아 / 시리아 / 페르시아 / 아프가니스탄 / 지중해 / 마그레브 / 트리폴리 / 페잔 / 이집트 / 아라비아 / 발루치스탄 / 누비아 / 오만 / 예멘 / 하드라마우트 / 아라비아해

■ 무함마드 치하 이슬람 세계 (622~632)
■ 초대 4대 칼리프들에 의해 추가된 영토 (632~661)
우마이야드 칼리프에 의해 추가된 영토
↗ 군대 이동 경로

手足鑄型脈博勞鍊

틀 짓는 손발이 두근두근 기술을 익힌다.
Hands and feet form, make, work the pulse-beats to skill.

기술, 의식의 수단화이자 수단의 의식화
공업, 세계를 만들어 가다

手 상형문자	足 상형문자	鑄 형성문자	型 형성문자
손 수	발 족	쇠를 부어 만들다 주	거푸집 형
脈 형성문자	搏 형성문자	勞 형성문자	鍊 형성문자
내리 흐른 줄기 맥	치다 박	일하다 노	쇠붙이를 불에 달구다 련

脚輪膝起臂飛肉契

다리는 구르고 무릎은 들어올리고 팔은 날고 몸은 맺는다.
Legs wheels, knees lift, arms fly, body contracts.

테크놀로지와 공학, '기술=상상력'과 천지창조 직전

脚 형성문자	輪 형성문자	膝 형성문자	起 형성문자
다리 각	바퀴 륜	무릎 슬	일어나다 기
臂 형성문자	飛 상형문자	肉 상형문자	契 회의문자
팔 비	날다 비	살 육	맺다 계

爽快空氣親近言語

상쾌한 공기, 친근한 언어
Air is pleasant, language intimate.

지구과학, '대우주=소우주' 속으로

爽 회의문자	快 형성문자	空 형성문자	氣 형성문자
시원한 상	즐거운 쾌	빈 공	김 올려 밥 짓다 기

親 형성문자	近 형성문자	言 형성문자	語 형성문자
낯익은 친	가까운 근	말하다 언	말 어

霧迷雲濁風浮雨憂

안개는 아스라하고 구름, 흐리고 바람, 뜨고 비, 우울하다.
Mist, vanishing, cloud, grey, wind, floats, rain, gloomy,

霧 형성문자	迷 형성문자	雲 상형문자	濁 형성문자
안개 무	아련한 미	구름 운	흐린 탁

風 형성문자	浮 형성문자	雨 상형문자	憂 형성문자
바람 풍	뜨다 부	비 우	근심하다 우

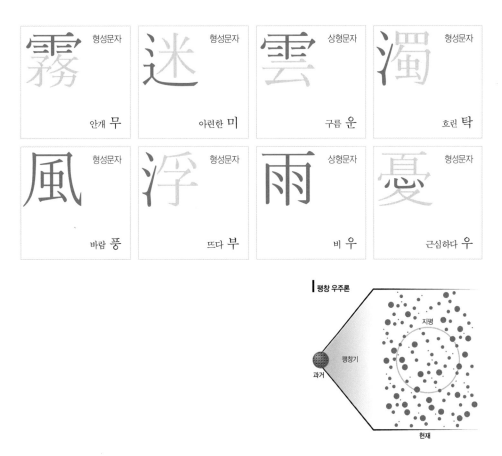

팽창우주론에 따르면 우주는 GUT((전기자기력, 약한 핵력, 강한 핵력의) 대통합이론) 시기 국면 변화를 겪고 광속보다 더 빨리 퍼져갔으므로(시공 자체도 그랬으므로 특수상대성이론에 위배되는 것은 아니다) 원래 빅뱅의 작은 일부만 우리 지평 안에 있고, 그것을 우리가 우주라 부른다.

霜冷暑熱寒慮雪溫

서리, 매몰차고 더위, 열렬하고 추위, 생각이 깊고 눈, 따스하다.
Frost, heartless, heat, aspirant, the cold, thoughtful, snow, warm.

霜 형성문자 / 서리 상	冷 형성문자 / 찬 냉
暑 형성문자 / 더위 서	熱 형성문자 / 더운 열
寒 회의문자 / 추위 한	慮 형성문자 / 걱정하다 려
雪 형성문자 / 눈 설	溫 형성문자 / 따스한 온

환경, 역사, 권력

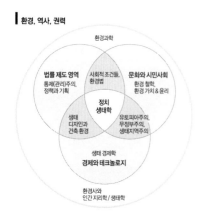

본

雷愼洪濫虹淚蝕食

우레, 삼가고 홍수, 넘치고 무지개, 뉘우치고 일식과 월식, 벌레 먹는다.
Thunder hesitates, flood overflows, rainbow tears colorful, eclipse, insect-eaten.

雷 상형문자
우레 뢰

愼 형성문자
삼가다 신

洪 형성문자
큰물 홍

濫 형성문자
넘치다 람

虹 형성문자
무지개 홍

淚 형성문자
눈물 루

蝕 형성문자
좀먹다 식

食 회의문자
밥 식

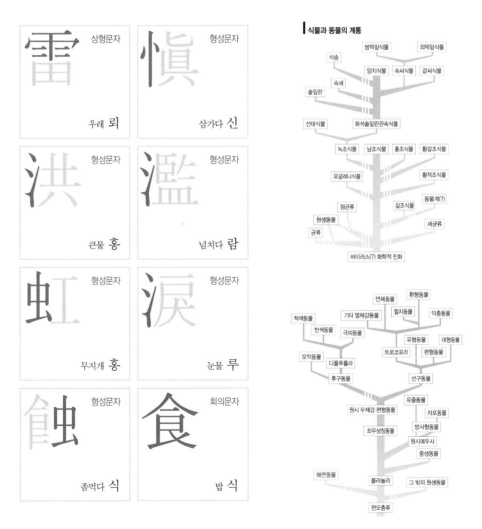

식물과 동물의 계통

岩顔湖瞳峽灣指紋

바위는 얼굴을, 호수는 눈동자를, 피오르드는 지문을 닮았다.
Rock resembles the face, lake the eye-pupil, fjord the fingeroprints,

岩 회의문자 바위 암	顔 형성문자 얼굴 안
湖 형성문자 큰 못 호	瞳 형성문자 눈동자, 눈 속 아이 동
峽 형성문자 골짜기 협	灣 형성문자 물굽이 만
指 형성문자 손가락 지	紋 형성문자 무늬 문

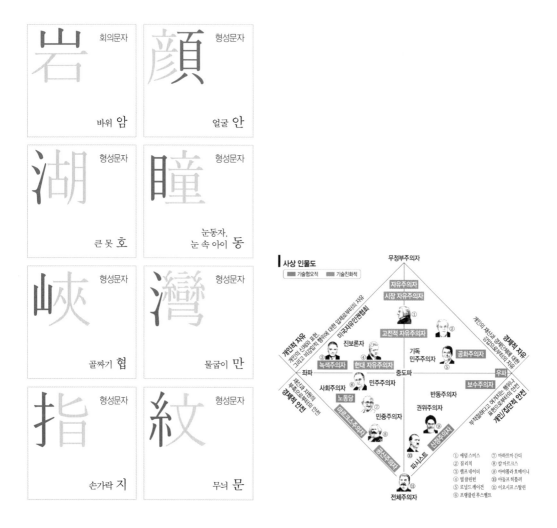

■ 사상 인물도
■ 기술혐오적 ■ 기술친화적

무정부주의자
자유주의자
시장 자유주의자 ①
고전적 자유주의자 ②
진보론자 ③
기독 민주주의자
공화주의자 ⑤
녹색주의자 현대 자유주의자 ④
사회주의당 민주주의자
노동당 ⑦ 중도파
민중주의자 반동주의자
권위주의자 ⑨
파시스트
전체주의자 ⑪

개인적 자유
개인의 신체와 행위에 대한 양제로부터의 자유
미국자유인권협회
좌파 우파
보수주의자
경제적 자유
개인의 재산과 경제활동에 대한 양제로부터의 자유

경제적 안전 개인/집단적 안전
국가주의자

① 애덤 스미스 ⑦ 마하트마 간디
② 퓰리치 ⑧ 칼 마르크스
③ 랠프 네이더 ⑨ 아야톨라 호메이니
④ 빌 클린턴 ⑩ 아돌프 히틀러
⑤ 로널드 레이건 ⑪ 이오시프 스탈린
⑥ 프랭클린 루스벨트

氷恨泉穴瀑布震痛

얼음은 설움을, 샘은 혈을, 폭포는 베를, 벼락은 고통을 닮았다.
Ice the grievances, spring the acupuncture point, waterfall the linen-cloth,
lightening the pain.

氷 회의문자 얼음 빙	恨 형성문자 설움 한
泉 상형문자 샘 천	穴 형성문자 구멍 혈
瀑 형성문자 소나기 폭	布 형성문자 베 포
震 형성문자 천둥 진	痛 형성문자 아프다 통

干滿潮血三角洲宮

밀물 썰물은 달거리를, 삼각주는 자궁을 닮았다.
Tide resembles the menstruation, delta the womb.

干 상형문자 / 방패, 썰물 **간**	滿 형성문자 / 차다, 밀물 **만**
潮 형성문자 / 바닷물 **조**	血 지사문자 / 피 **혈**
三 지사문자 / 셋 **삼**	角 상형문자 / 뿔 **각**
洲 회의문자 / 모래톱 **주**	宮 상형문자 / 여러 채 집 **궁**

■ 세계의 문자

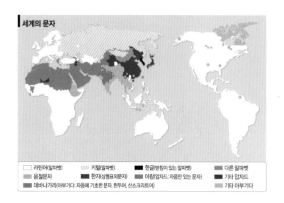

☐ 라틴어(알파벳) 〰 키릴(알파벳) ■ 한글(받침이 있는 알파벳) ■ 다른 알파벳
■ 음절문자 ■ 한재(상형표의문자) ■ 아랍(압자드: 자음만 있는 문자) ■ 기타 압자드
■ 데바나가리(아부기다: 자음에 기초한 문자, 힌두어, 산스크리트어) ■ 기타 아부기다

自然保護萬年歷史

자연은 만년 역사를 지켜준다.
Nature protects the ten thousand years' history,

자연과학, '자연=과학'

自 상형문자 스스로 자	然 형성문자 그러한 연
保 회의문자 보살피다 보	護 형성문자 지키다 호
萬 상형문자 10,000 만	年 형성문자 해 년
歷 형성문자 지내오다 역	史 회의문자 써서 남기다 사

環境役割父母兄弟

환경이 하는 일은 부모형제와 같다.

The role of the environment is that of parents and brothers and sisters.

환경공학, '사회=건축'

環 형성문자	境 형성문자	役 회의문자	割 형성문자
고리 환	땅 나뉨 자리 경	힘든 일 역	가르다 할
父 회의문자	母 지사문자	兄 회의문자	弟 상형문자
아버지 부	어머니 모	맏 형	아우 제

遺傳展開異跡長短

유전은 가까이 멀리 이상한 발자취를 펼친다.
Heredity deploys the strange traces near and far.

遺 형성문자 남기다 유	傳 형성문자 퍼뜨리다 전
展 형성문자 펴다 전	開 형성문자 열다 개
異 회의문자 다른 이	跡 형성문자 발자취 적
長 상형문자 긴 장	短 형성문자 짧은 단

│그리스 도자기 종류

A 히드리아
손잡이가 세 개
달린 물병

B 레키토스
기름병

C 크라테르
술을 물로 희석할
때 쓰는 용기

D 암포라
포도주나 옥수수, 기름 또는
꿀을 저장하는 데 사용함

E 킬리스
술잔

F 오이노코이
포도주 항아리

進化胎兒時計則路

진화는 엄마 뱃속 아기의 시간 길.
Evolution is like the human embryo's clock-road in mother womb.

進 형성문자 나아가다 진	化 회의문자 되다 화	胎 형성문자 아이 배다 태	兒 회의문자 갓나 다시 난 아이 아
時 형성문자 때 시	計 회의문자 세다 계	則 회의문자 곧 즉	路 형성문자 길 로

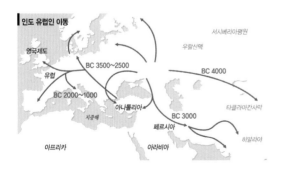

본

意識脫皮暗黑包裝

의식은 어둡고 캄캄한 껍질을 벗는다.
Consciousness takes off the darkness.

철학, 두뇌가 그린 인간의 시—공간 지도 작성법

意 회의문자 생각 뜻 의	識 형성문자 알게 되다 식	脫 형성문자 벗다 탈	皮 회의문자 껍질 피
暗 형성문자 어두운 암	黑 상형문자 검정 흑	包 상형문자 싸다 포	裝 형성문자 꾸미다 장

認知就相對優越合

인지는 나아가 서로의 뛰어난 점을 합한다.
Recognition advances to add the mutual better half.

인지과학, 인식을 인식하는 인식의 상상력

認 형성문자	知 회의문자	就 회의문자	相 회의문자
알겠다 인	알고 있다 지	높고 살기 좋은 곳에 닿다 취	마주 상

對 회의문자	優 형성문자	越 형성문자	合 회의문자
마주하다 대	넉넉한 우	뛰어넘다 월	한데 모으다 합

器私有具慘酷幼戲

그릇은 사유를 낳는다. 도구는 끔찍한 소꿉장난이다.

Vessel owns privately, tool plays the cruel children's play.

器 회의문자	私 형성문자
그릇 기	내 것 사
有 회의문자	具 회의문자
있는 유	갖추다 구
慘 형성문자	酷 형성문자
몸서리치다 참	끔찍한 혹
幼 회의문자	戲 형성문자
어린 유	놀다 희

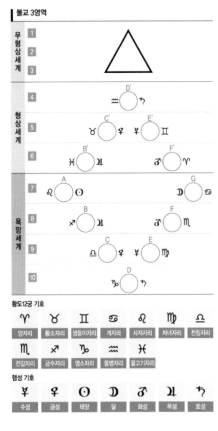

▲ 욕망세계(카마-다투), 형상세계(루파-다투), 그리고 무형상세계(아루파-다투). 무형상세계는 순전히 주관적인, 장소라기보다는 상태로서 세계다. 다투는 힌두교의 로카스.

火水木金土行造球

지구는 불과 물과 나무와 쇠와 흙의 지구다.
Earth of fire, water, wood, iron, soil.

火 상형문자 불 화	水 상형문자 물 수	木 상형문자 나무 목	金 형성문자 쇠 금
土 상형문자 흙 토	行 상형문자 다니다 행	造 형성문자 짓다 조	球 형성문자 공 구

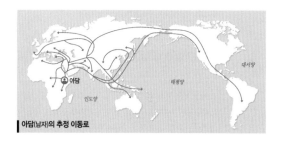

아담(남자)의 추정 이동로

본

磁極引逐象候衣裳

N극과 S극은 서로 잡아당기고 같은 극을 밀쳐낸다. 날씨와 기후는 옷이다.
Magnetism draws and forces out. Weather and climate are the cloth of earth.

전기공학, 일상을 변혁하는 전기의 상상력

磁 형성문자	極 형성문자	引 지사문자	逐 회의문자
붙는 돌 자	다하다 극	끌다 인	짐승을 쫓다 축
象 상형문자	候 형성문자	衣 상형문자	裳 형성문자
그리다 상	철, 날씨 후	옷 의	아랫도리 옷 상

回轉太陽季節循還

해 둘레를 돈다. 그렇게 봄 여름 가을 겨울이 돌아온다.
Turns around the sun, resulting in the spring-summer-autumn-winter rotation.

回	상형문자	轉	형성문자	太	지사문자	陽	형성문자
돌아오다 회		구르다 전		아주 큰 태		해 뜸 양	

季	회의문자	節	형성문자	循	형성문자	還	형성문자
철. 석 달 계		마디 절		돌다 순		돌아오다 환	

▌우리나라 세금 구조

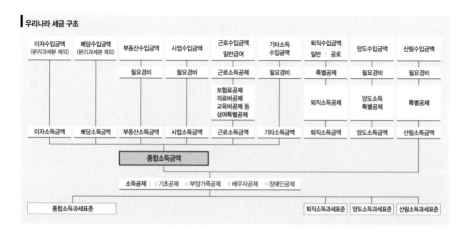

본

春稼夏養秋穡冬藏

봄은 심는다. 여름은 키운다. 가을은 거두고 겨울은 모아둔다.
Spring sows, summer brings up, autumn harvests, winter stores.

농업, 눈에 보이는 시간과 중력의 음식

회의문자	형성문자	회의문자	형성문자
春 봄 춘	稼 심다 가	夏 여름 하	養 기르다 양
秋 가을 추	穡 거두다 색	冬 겨울 동	藏 감추다 장

死亡鬪席攻擊立步

죽음은 느닷없이 직립 인간을 덮친다.
Death attacks the homo erectus wherever and whenever.

死 회의문자 / 죽다 사
亡 회의문자 / 사라지다 망
鬪 형성문자 / 싸우다 투
席 형성문자 / 자리 석
攻 형성문자 / 무언가로 치다 공
擊 형성문자 / 맨손으로 치다 격
立 상형문자 / 서다 입
步 상형문자 / 걸음 보

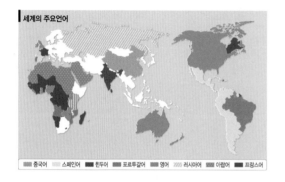

세계의 주요언어

■ 중국어　■ 스페인어　■ 힌두어　■ 포르투갈어　■ 영어　■ 러시아어　■ 아랍어　■ 프랑스어

본

必滅留念榮譽洗練

필멸을 아는 인간이 더욱 명예와 아름다움에 골몰한다.
Being conscious of mortality, the human being exerts fame and delicacy, so

문화, '과학=아름다움'의 몸
첫 문화의 구조, 인간 육체를 닮다

陶瓷佳觸服夢細韻

도자 감촉이 꿈의 운치를 입은 듯 매끄럽다.

Porcelain touches smooth and sweet as if clad in dream and rhyme.

미학, 심장이 그린 자연의 시—공간 지도 작성법

陶 형성문자 질그릇 도	瓷 형성문자 오지그릇 자
佳 형성문자 아름다운 가	觸 형성문자 닿다 촉
服 회의문자 옷 복	夢 회의문자 꿈 몽
細 형성문자 가는 세	韻 형성문자 돌림 소리 멋 운

疾病誣鄕藥草醫療

질병은 동네가 뒤숭숭한 소문에 시달리게 하지만, 약초로 병을 고친다.
Disease slanders the community with evil spirit, but the medicine plant cures.

疾 희의문자	病 형성문자	誣 형성문자	鄕 희의문자
화살 맞아 앓다 질	앓게 되다 병	속이다 무	시골 향
藥 형성문자	草 형성문자	醫 희의문자	療 형성문자
고침 풀 낱알 약	풀 초	고침술 의	고치다 료

아에네아스 로마길

巫堂媒宗教仰絶批

무당은 거룩한 종교로 가는 징검다리
Medicine-(wo)man mediates the religion, the belief in the holy and the absolute,

종교학, 마음이 그린 우주의 시−공간 지도 작성법

상형문자	형성문자	형성문자	회의문자
巫	堂	媒	宗
춤추는 소매 무	바깥채 당	가운데서 양쪽을 잇다 매	하늘 낌새 마루 종

회의문자	회의문자	회의문자	형성문자
教	仰	絶	批
가르치다 교	우러르다 앙	끊다 절	좋고 나쁜 것을 가리다 비

臨床研究試驗健康

의사는 환자의 병을 직접 살피고, 환자 아니라도 건강을 챙겨준다.
And clinic study-test promotes the health.

의학, 눈에 보이는 생명의 지도

臨 형성문자	床 형성문자	研 형성문자	究 형성문자
지켜보다 임	집 안 한 겹 더 높은 것 상	갈다 연	굽이굽이 구멍 속 깊이 파고들다 구

試 형성문자	驗 형성문자	健 형성문자	康 형성문자
떠보다 시	겪어보다 험	굳센 건	거북하지 않고 푸근한 강

栽培穀李强弱調和

낟알 오얏 재배로 강약 조화를 배운다.
Plant cultivation understands the harmony of strong and weak.

민주주의, '정치=경제'를 능가하는 '자유=평등=평화' 문화의 '내용=형식=장'

栽 형성문자
나무뿌리에 흙을
북돋우다 재

培 형성문자
북돋우어 기르다 배

穀 형성문자
단단한 껍질 벼 곡

李 형성문자
자두나무 리

强 형성문자
힘센 강

弱 회의문자
세지 않은 약

調 형성문자
고르다 조

和 형성문자
잘 어울리다 화

多組群員 共同配給

여럿이 모여 함께 나눈다.
Various groups practice cooperative distribution,

경제사상, 육체의 정신과 정신의 육체

.

多 회의문자	組 형성문자	群 형성문자	員 형성문자
많은 다	짜다 조	떼 군	돈 받고 일하는 사람 원

共 회의문자	同 형성문자	配 형성문자	給 형성문자
함께 공	같은 동	나누다 배	주다 급

灌漑肥料醱酵蠶林

논밭에 물 대고 거름 준다. 술 담그고 누에 치고 나무한다.
Irrigation, manure, fermentation, sericulture, forestry,

임업, 나무꾼과 나무 이야기
양잠과 비단, 무지개를 응축하다
원예, '수풀＝집'

飼禽牧畜豊饒財産

새와 짐승을 길들이니 재산이 실하다.
And domestication makes property.

낙농, 풀과 젖의 생애

飼 형성문자 먹이다 사	禽 형성문자 날짐승 금
牧 형성문자 치다 목	畜 회의문자 짐승 축
豊 상형문자 넉넉한 풍	饒 형성문자 배부른 요
財 형성문자 값비싼 것 재	産 형성문자 낳다 산

犬牛鷄豚慶祝幸福

개와 소, 닭과 돼지가 행복을 기린다.
Dogs, cattle, chicken and pigs celebrate human happiness.

犬 상형문자
개 견

牛 상형문자
소 우

鷄 형성문자
닭 계

豚 회의문자
돼지 돈

慶 회의문자
기쁜 경

祝 회의문자
빌다 축

幸 회의문자
일찍 죽지 않게 되다 행

福 회의문자
먹을 것과 마실 술을
받고 하늘이 내려준 것 복

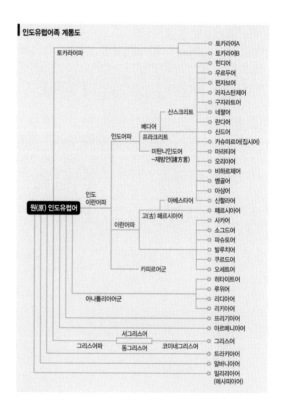

인도유럽어족 계통도

初始終止首尾協助

시작과 끝이, 머리와 꼬리가 서로 돕는다.
The first beginning and the last end meets well.

인도유럽족 계통도

初 회의문자
처음 초

始 형성문자
비로소 시

終 형성문자
마치다 종

止 상형문자
사람 발자국, 그치다 지

首 상형문자
머리 수

尾 회의문자
꼬리 미

協 형성문자
여럿이 힘을 모으다 협

助 형성문자
돕다 조

國弘盆憲領民區域

나라는 널리 이롭게 백성의 구역을 다스린다.
Nation, law, district benefits each other, all and wide.

국민주권과 국제 외교, 세계의 '주인=일원'인 국가의 전쟁과 평화

| 國 회의문자 나라 국 | 弘 형성문자 넓은 홍 | 盆 회의문자 더 나아지다 익 | 憲 회의문자 나쁜 짓을 막는 밝은 눈과 마음 헌 |
| 領 형성문자 다스리다 영 | 民 지사문자 낮고 눈 먼 사람 민 | 區 회의문자 땅 나눔 구 | 域 형성문자 땅 가장자리, 땅 가녁 역 |

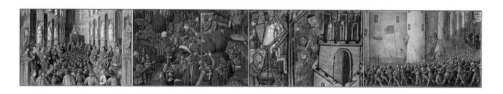

唯壹個別負擔矜持

개인은 세상에 단 하나뿐인 자신의 삶이 자랑스럽다.
Each Individual cherishes pride of the only one self life in the world.

唯 형성문자 오직 유	壹 형성문자 하나 일	個 형성문자 낱 개	別 회의문자 다른 별
負 회의문자 짐을 지다 부	擔 형성문자 메다 담	矜 형성문자 자랑하다 긍	持 형성문자 지니다 지

십자군전쟁 세밀화
1095년 제1차 십자군전쟁을 훈시하는 교황 우르반 2세. ▶ 1096년 대중 십자군 운동. ▶ 1097년 니케아를 점령한 십자군. ▶ 1097~98년
안티오크 공략. ▶ 1099년 예루살렘 공략. ▶ 1099년 예루살렘 입성. ▶ 1100년 프랑크 예루살렘 왕 보두앵 1세. ▶ 1103년 아크라 입성.
▶ 1146년 제2차 십자군전쟁을 훈시하는 베르나르 성장. ▶ 1148년 다마스 공격. ▶ 1153년 아스칼론 공격. ▶ 1187년 살라딘 예루살렘 입성.

辭彙俗談古典敍事

낱말이 모여 속담을, 고전 이야기를 이룬다.
Words make sentences, proverbs, classic stories short and long,

문법과 사회, 서로를 닮아가다
품사, 단어의 직업

辭 회의문자 / 낱말 사	彙 형성문자 / 떼 지어 살다 휘
俗 형성문자 / 사람 모임 골짜기 곡	談 형성문자 / 얘기 담
古 회의문자 / 옛 고	典 회의문자 / 하늘에 바친 대나무 쪽 엮음 전
敍 형성문자 / 펴다 서	事 형성문자 / 생겨난 일 사

委任係承衛監往退

오며 가며 구전되고 보존된다.
Which are transmitted from mouth to mouth, coming and going, and preserved in
  pictographs.

委 형성문자 — 여자에게 맡기다 **位**	任 형성문자 — 맡기다 **임**
係 형성문자 — 이어 매다 **계**	承 회의문자 — 잇다 **승**
衛 회의문자 — 지키다 **위**	監 회의문자 — 살피다 **감**
往 형성문자 — 멀리 가다 **왕**	退 회의문자 — 물러나다 **퇴**

▶ a: 아담 b: 위대한 도약 전진 c: 사하라 대문 d: 메소포타미아
현대어 분배 e: 이라크 자모, 가장 오래된 농경 유적지, BC 7천 년
f: 비옥한 초생달 g: 가축 사육 h: 터키, 카탈 후유크 i: 원 인도유
럽인 j: 그리스, 프랑크티 동굴 k: 여리고 l: 레반트, 나투피 문화
m: 사하라 암석화 n: 현대어(인도유럽어) 배분

인류 유전자 추적 상상

粘板冊館印樣刷版

쐐기글자 찰흙판이 책과 도서관을, 도장이 인쇄 출판을 낳는다.
The clay-tablets become the books, books become libraries, the stamp designs
  the print, and publishes.

나노테크놀로지, '인체=우주'를 탐사하는 미세공학

粘 형성문자	板 형성문자	冊 상형문자	館 형성문자
차진 점	널조각 판	대나무 쪽 엮음 책	군인들 집 관
印 회의문자	樣 형성문자	刷 형성문자	版 형성문자
눌러 찍다 인	생김새 양	박다 쇄	찍어서 펴내다 판

본

仁善義禮倫香辛族

주민이 어질고 착하고 옳고 반듯하고 지킬 바를 지키는 마을은 향기롭다.
Virtue, goodness, justice, propriety, and morals season a tribe.

선, 삶의 배꼽 삶 뜻, 선의 배꼽
윤리, 선의 몸

仁 회의문자 어진 인	善 회의문자 착한 선	義 회의문자 옳은 의	禮 회의문자 가을걷이를 낍새 보이는 하늘에 바침 예
倫 형성문자 사람다움 윤	香 회의문자 내음 향	辛 상형문자 매운. 벌침 신	族 회의문자 겨레 족

男女老少冠婚喪祭

어린아이 어른 되고, 남녀 짝을 맺고, 늙으면, 죽은 이 제사
The coming-of-age, marriage, funeral and the ancestor memorial ceremonies are
 skeletons that hold out the life-span.

男 회의문자 사내 남	女 상형문자 계집 녀	老 상형문자 늙다 노	少 형성문자 적은 소
冠 회의문자 갓 관	婚 회의문자 해질녘 시집가기 혼	喪 회의문자 죽다 상	祭 회의문자 번개 내림에 바치는 고기를 술로 씻음 제

謹勉更新修武賢德

부지런히 힘써 새롭게 몸과 마음과 슬기와 너그러움을 닦는다.
Courage, wisdom, generosity are to be achieved hard earnestly.

勤 형성문자	勉 형성문자	更 형성문자	新 형성문자
부지런한 근	힘쓰다 면	다시 갱	새로운 신

修 형성문자	武 회의문자	賢 형성문자	德 형성문자
닦다 수	찌르는 꼬챙이로 싸움을 그치게 하다 무	슬기로운 현	바로 보는 마음 덕

십자군전쟁 이후 동양과 서양의 지중해 교역

바그다드와 카이로는 동양교역의 표지판이었다. ▶ 홍해의 항구들로부터 상품이 카라반에 의해 나일강까지, 그리고 강을 따라 카이로까지 운반되었다. ▶ 알렉산드리아는 서양 이슬람인과 기독교인의 교역에 없어서는 안 될 항구가 되었다. ▶ 서양 해안 도시, 특히 베니스, 피사, 제노아 공화국이 동양과의 교역을 담보해주었다. ▶ 매우 빠른 선단을 거느렸기에 베니스 상인은 이슬람 도시들과 교역이 가능했다. ▶ 12세기부터 베니스인들은 실제로 제국을 건설하고 상업적 식민지를 늘려나갔다. ▶ 바다와 육지를 이용하는 지중해 순회 상인들. ▶ 지중해와 홍해 그리고 페르시아 걸프만을 이용, 바다 순회 상인들이 아프리카와 인도, 그리고 중국을 이었다. ▶ 강, 특히 나일강, 티그리스와 유프라테스강 또한 중요한 운송수단이었다. ▶ 땅 위에서는 카라반의 행로가 이슬람 영역을 구역지었다. 북아프리카, 마그레브, 아라비아, 메소포타미아를 횡단하면서. ▶ 기나긴 카라반 행로 곳곳에 그리고 중요한 도시 안에 여러 시장이 들어섰는데, 카라반들이 고된 여행의 시름을 푸는 곳이기도 했다. ▶ 일상적인 교역은 이슬람 도시 시장에서 이루어졌다.

因慣習犯罪刑罰獄

인습과 관습이 여러 죄와 벌을 정한다.
Offending the convention-habits makes crimes, punishments, prisons.

습관과 관습 그리고 도덕, 동물성의 인간화 및 사회화 그리고 스스로를 의식하는 인간의 최소한 명예 선언

因 회의문자	慣 형성문자	習 회의문자	犯 형성문자
말미암다 인	버릇 관	익숙해지다 습	개가 사람을 해치다 범
罪 형성문자	刑 형성문자	罰 회의문자	獄 회의문자
허물 죄	칼로 허물을 베다 형	큰소리로 허물을 꾸짖고 칼로 베다 벌	가두는 곳 옥

八條禁誡愚蒙盜賊

어리석은 도적을 법이 미리 조심시킨다.
Various prohibitions guard against stupidity, ignorance, and theft.

범죄와 법, 지능적인 동물성의 발현과 정치의 두뇌 회로
집합, 사회를 닮은 숫자

∪: 합집합, 공감을 넓혀가는 법 ∩: 교집합, 동지를 늘려가는 법 ⊂: 여집합, 생각을 넓혀가는 법 Φ: 공집합, 아나키를 이루다
∀: 어쨌든, 보편적 ∃: 존재하다, 실존적 ⊂: 포함되다, 네 안에 내가, 내 안에 네가 있다
∈: 속하다, 집단보다 더 거대한 전망의 일원이 되는 민주주의

八 상형문자	條 형성문자	禁 형성문자	誡 형성문자
여덟 팔	곁가지 조	못하게 하다 금	마음 졸이게 하다 계
愚 형성문자	蒙 형성문자	盜 회의문자	賊 형성문자
어리석은 우	어두운 몽	훔치다 도	도둑 적

訴訟裁判請求權利

소송과 재판 없이 벌을 줄 수 없다.
But an accused person is sure to have the right of justice trial.

법학, '법=배움'

訴 형성문자	訟 형성문자	裁 형성문자	判 형성문자
하소연하며 아뢰다 소	말로 옳고 그름을 다투다 송	옷을 마르다 재	칼로 나누고 맞추다 판
請 형성문자	求 상형문자	權 형성문자	利 회의문자
빌다 청	애써 찾다 구	저울대에 다는 쇳덩어리 권	벼논 가는 쟁기날 이

皇帝君王英雄臣下

황제와 군왕, 영웅과 신하가 생겨난다.
Emperors, kings, heroes, ministers arise.

왕정 혹은 군주정, 지배계급을 이루는 한 사람의 혈연

皇 회의문자	帝 형성문자	君 회의문자	王 상형문자
가장 높은 임금 황	하느님 아들 제	하늘 뜻으로 다스리는 이 군	임금 왕

英 형성문자	雄 형성문자	臣 상형문자	下 지사문자
꽃부리 영	수컷 웅	머리 숙이고 두 손 받든 사람 신	아래 하

封施莊卿將取稅貢

군주가 땅과 벼슬을 내리고 세금과 공물을 거둬들인다.
Feudalism makes manors, lords, warriors, dues and tributes.

封 회의문자	施 형성문자	莊 형성문자	卿 회의문자
흙 쌓고 나무 심어 막다 봉	베풀다 시	풀이 잘 자람 장	높은 벼슬 경
將 형성문자	取 회의문자	稅 형성문자	貢 형성문자
팔꿈치를 잡고 걸음을 도움 장	손으로 귀를 떼어 가져가다 취	벼를 빼낸 것 세	바치다 공

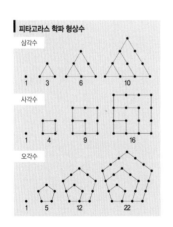

피타고라스 학파 형상수

삼각수
1   3   6   10

사각수
1   4   9   16

오각수
1   5   12   22

百姓富貴貧賤制度

백성이 부자와 가난한 자, 귀한 자와 천한 자로 나뉜다.
The rich and high become richer and higher, the poor and low become poorer
  and lower.

사회, '구조=기능=관계'

百 형성문자 100 백	姓 형성문자 집안 이름 성	富 형성문자 가멸은 부	貴 형성문자 드물어서 값어치가 높은 귀
貧 형성문자 가난한 빈	賤 형성문자 낮고 값어치가 헐한 천	制 회의문자 날붙이로 나무 잔가지를 쳐내다 제	度 형성문자 여러 가지를 손으로 헤아리다 도

士書農耕商換漁拓

선비는 글을 읽고 농사꾼은 땅을 갈고 장사치는 물건을 바꾸고 고기잡이는
   그물을 넓힌다.
The scholars study, farmers till, merchants deal, fishers spread nets.

사회학, '사회=배움'

戶府市都亂雜詞章

집과 관청, 시장과 도시의 말과 글이 어지러이 뒤섞인다.
From door to door, in the public office, in fairs and cities the prose and verse are
   mixed into disorder.

도시, '세속=정치=시장'
도시계획, 자연의 인위와 인위의 자연

상형문자	형성문자	회의문자	형성문자
戶	府	市	都
지게 호	나랏일 하는 곳 부	저자 시	으뜸 고을 도

회의문자	형성문자	형성문자	회의문자
亂	雜	詞	章
어지러운 난	섞이다 잡	비는 말 사	글 마디 장

戰爭消無夫唱婦隨

전쟁은 부부 사이를 끊는다.
War destroys the husband-wife relationship.

戰 형성문자 찌르는 꼬챙이 싸움 **전**	爭 회의문자 손톱을 드러내고 다투다 **쟁**
消 형성문자 없어지다 **소**	無 회의문자 없는 **무**
夫 회의문자 지아비 **부**	唱 형성문자 노래 부르다 **창**
婦 회의문자 지어미 **부**	隨 형성문자 따르다 **수**

우주나무 이그드라실

우주나무 이그드라실은 거대한 양물푸레나무로, 가지가 세계 전체와 하늘 위로 뻗고 거대한 뿌리 세 개 중 하나는 아스가르트로, 하나는 요툰헤임으로, 다른 하나는 니플헤임으로 내리며 아스가르트(8) 쪽 뿌리가 빨아들이는 성스러운 샘물 우르다에 사는 세 명의 운명처녀(노른)(1) 우르드(과거), 베르단디(현재), 스쿨드(미래)가 미드가르트(7) 인간의 삶과 운명을 결정짓는다. 요정이나 난쟁이 딸로 태어난 다른 노른들도 있으며, 태생이 좋은 노른은 좋은 삶을, 태생이 나쁜 노른은 나쁜 삶을 운명짓는다. 요툰헤임(5) 쪽 뿌리를 적시는 샘물 미미르(3)는 지혜와 이해력의 원천이지만, 마시기가 쉽지 않아 신들의 아버지 오딘(10)조차 한 눈을 잃고도 한 방울밖에 마시지 못했다. 니플헤임 뿌리를 적시는 것은 흐베르겔미르 샘이다. 2) 세계뱀 요르뭉간드르, 4) 우트가르트, 6) 죽은 자들의 영역 헬헤임, 9) 다리 여덟 개 달린 오딘의 말 슬레이프니르, 11) 아스가르트 입구를 지키는 헤임달. 12) 신들의 궁전 발할라. 13) 벼락의 신 토르.

官軍車兵追憶忘己

관군의 수레와 병사들이 추억을 짓밟는다.
The government troops and carriages make the reminiscence devastate itself.

경찰, 정치권력을 벗은 공권력 혹은 거꾸로

| 官 회의문자

벼슬아치 관 | 軍 회의문자
수레 둘레를
에워싸고 싸움 군 | 車 상형문자

수레 거 | 兵 회의문자

두 손에 도끼 든 사람 병 |
| 追 형성문자

뒤를 쫓다 추 | 憶 형성문자

마음에 새기다 억 | 忘 회의문자

잊다 망 | 己 상형문자

내 몸 기 |

京邑村谷劍征鳴溢

서울과 고을, 시골 골짜기까지 칼바람 슬픈 울음 가득하다.

The sword-bloodsheds and screams brim the capital and towns and country
  valleys.

京 상형문자 서울 경	邑 회의문자 고을 읍	村 형성문자 마을 촌	谷 회의문자 골짜기 물길 곡
劍 형성문자 끝이 날카로운 칼 검	征 형성문자 먼 길 가서 치다 정	鳴 회의문자 울다 명	溢 형성문자 넘치다 일

시대별 무대의 위치

중세 무대 ➡ 엘리자베스 여왕~셰익스피어
(영국 르네상스)시대 무대 ➡ 영국 왕정복고시대
무대(17~18세기) ➡ 현대 무대
(프로시니엄 무대)

▲ 영국 왕정복고 시대의 무대는 500여 석을 감당했던 엘리자베스 시대 극장보다 상당히 좁으며, 인공조명으로 실내에서 공연이 이루어졌다. 오늘날과 달리 왕정복고 시대 객석은 조명을 환하게 밝혀 객석 대부분을 차지한 귀족들이 자신의 공연 관람을 과시케 해주었으므로, 배우와 관객의 나뉨이 분명치 않았다. 장식틀을 가운데 놓고 배우과 관객 사이 거리를 넓혔지만, 작은 무대가 객석으로 돌출했으므로 나눔 효과는 별로 크지 않았다. '칸막이'와 컴컴한 관객석은 무대에서 벌어지는 일이 진짜 같다는 환상을 드높여주므로, 현대의 주된 무대는 프로시니엄 무대다. 하지만 프로시니엄 무대가, 이를테면 브레히트 서사극처럼 연극적 환상을 일부러 깨뜨리는 실험극을 감당할 수 없고, 셰익스피어 등 고전연극을 공연하기에는 불편하므로 오늘날 다양한 형태의 무대가 더불어 발전하고 있다.

背逆恩師伏裏再考

스승의 고마움을 등 뒤에서 거스르고 엎드려서도 딴마음을 품는다.
Teacher's favors are betrayed, a prostration embosoms an reconsideration.

| 형성문자 背 등 배 | 형성문자 逆 거스르다 역 | 형성문자 恩 고마운 은 | 회의문자 師 스승 사 |
| 회의문자 伏 엎드리다 복 | 형성문자 裏 속 리 | 상형문자 再 두 번 재 | 형성문자 考 내내 생각하다 고 |

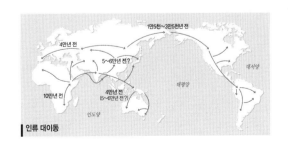

인류 대이동

是非盟誓但禍童孫

시비를 따지고 맹서를 한단들 자식과 손자들을 다칠 뿐이다.
Right and wrong arguments, oaths only harm the children and the sons of sons,

是 회의문자	非 지사문자	盟 형성문자	誓 형성문자
이 시	아닌 비	짐승 피를 번갈아 마시며 서로의 같은 뜻을 밝힘 맹	말로써 같은 뜻을 세움 서
但 형성문자	禍 형성문자	童 형성문자	孫 회의문자
다만 단	하늘 꾸짖음 내림 화	동네 어귀 서서 노는 아이 동	아들 이어짐 손

에게문명 연표

연대 (BC)	크레타			키클라데스	그리스본토				트로아
	신석기시대								제1시 (市)
2600 2500 2400 2300 2200 2100	전궁전 시대	Ⅰ Ⅱ Ⅲ	초기 미노스 시대 Ⅰ Ⅱ Ⅲ	초기 키클라데스 시대	초기 헬레네스 시대				제2시
2000 1900 1800 1700 1600	제1궁전 Ⅱ Ⅲ	Ⅰ	중기 미노스 Ⅰ Ⅱ Ⅲ	중기 키클라데스 시대	중기 헬레네스 시대				제3시 제4시
1500 1400 1300 1200 1100	제2궁전 Ⅱ Ⅲ		후기 미노스 Ⅰ Ⅱ Ⅲ	후기 키클라데스 시대	후기 헬레네스 시대 Ⅰ Ⅱ Ⅲ	미케네 시대	초기 중기 후기		제5시 제6시 제7시

姑伯叔氏隊列問弔

친척어른들이 열 지어 죽음을 슬퍼할 뿐이다.
Make the old relations to condole in a line.

姑 형성문자	伯 형성문자	叔 형성문자	氏 상형문자
시어머니 고	큰아버지 백	아저씨 숙	집안 씨
隊 형성문자	列 형성문자	問 형성문자	弔 회의문자
늘어선 떼 대	벌여놓다 열	묻다 문	활 차고 죽음을 마음 아파함 조

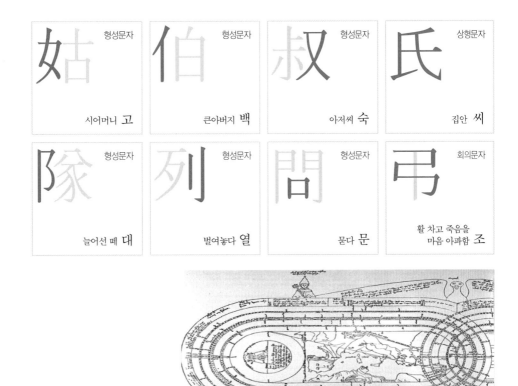

아비뇽 교황청 세계지도
1335~38년 아비뇽 교황청 지도제작자 오피키누스가 그린 세계 지도. 유럽은 왕, 북아프리카는 여왕 모습이며, 비스케이만은 입을 벌린 사자 모양, 동지중해는 턱수염 노인이 비둘기와 책, 그리고 홀을 들고 있는 모양이다.

赤叛勇憤稱莫爲皆

반란은 얼굴이 붉고 날래다. '아니다 모두 아니다' 소리친다.
Rebellion is red-faced and bold and furious, says no to all thing.

赤 회의문자 빨강 적	叛 형성문자 저버리다 반
勇 형성문자 날랜 용	憤 형성문자 성내다 분
稱 형성문자 일컫다 칭	莫 회의문자 하지 말라 막
爲 상형문자 하다 위	皆 회의문자 모두 개

┃인도왕조 흥망표

무슬림왕조

	북서·북인도	벵골·데칸	남인도
BC 600			
500	마가다		
400			
300			
200	마우리아		
100		사타바하나	촐라 · 체라 · 팡디아
AD			
100			
200	쿠산		
300			
400	굽타	바카타카	
500			팔라바
600	하르샤	찰루키아	
700			
800	프라티하라	라슈트라쿠타	팡디아
900	팔라	찰루키아	
1000			촐라
1100	라지푸트 제왕조	세나	
1200		야다바 · 호이살라	팡디아
1300	델리술탄 왕조 · 벵골	구자 라트 · 아루와 · 바흐만	비자야나가르
1400			
1500	슐루 · 라지 푸트 · 벵골	데칸 무슬림왕국	
1600			마이소르
1700	무굴 · 아우드 · 시크	마라타	
1800		하이데라바드	
1900			

98   본

附屬侍從拒否忠孝

시종들은 주인한테 딸리되 떠받들지 않고 어버이로 생각지 않는다.
The attendants attend and follow but fail in sincerity, loyalty, filial duty.

附 형성문자 붙다 부	屬 형성문자 딸리다 속	侍 형성문자 모시다 시	從 회의문자 뒤따르다 종
拒 형성문자 막다 거	否 회의문자 아닌 부	忠 형성문자 마음에서 우러나오는 참된 뜻 충	孝 회의문자 어버이 섬김 효

이집트 신화 인물
이집트신화는 크게 헤르모폴리스신화, 헬리오폴리스신화, 멤피스신화, 부시리스신화 네 가지로 구분할 수 있는데, 세월이 지나면서 뒤섞이고 변형된다. 왼쪽부터 라, 게브, 오시리스, 세트, 네프티스, 이시스, 호루스, 하토르, 아누비스, 토트, 아몬-라, 무트, 콘스, 세베크, 프타, 네페르툼, 바스트, 네이트, 크네무, 마아트.

案積競功策拜抑壓

대책은 쌓이지만 공을 다툴 뿐, 결론은 누를 뿐이다.
This or that idea piles up and wrangles the recognition, only to the erroneous
  conclusion of the repression at once of the riot,

案 형성문자	積 형성문자	競 회의문자	功 형성문자
책상 안	쌓이다 적	겨루다 경	훌륭한 일 공

策 형성문자	拜 형성문자	抑 형성문자	壓 형성문자
꾀 책	절 배	억누르다 억	흙으로 눌러 막다 압

아폴로니오스의 원뿔곡선들

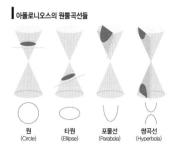

원
(Circle)

타원
(Ellipse)

포물선
(Parabola)

쌍곡선
(Hyperbola)

본

次例段階層登裂切

차근차근 풀어갈 길이 지리멸렬해진다.
The systematical solutions of the situation crack and break.

次 형성문자 다음 차	例 형성문자 보기 예	段 형성문자 토막 단	階 형성문자 섬돌 계
層 형성문자 겹 층	登 형성문자 오르다 등	裂 회의문자 찢다 열	切 형성문자 끊다 절

벼 전파

재배벼의 원산지

端貞珍才曰虛好賞

단아와 정절, 귀한 재주, 모두 입에 발린 칭찬일 뿐이다.
And the decent, upright, rare genius praisings are vainglorious.

端 형성문자 두 발로 서다 단	貞 회의문자 곧은 정
珍 형성문자 좀처럼 없는 구슬 진	才 지사문자 재주 재
曰 지사문자 말하다 왈	虛 형성문자 텅 빈 허
好 회의문자 좋아하다 호	賞 형성문자 조개껍질로 높게 함 상

오디세우스의 여행

◀ ≪오디세이≫, 자연의 '신화=인간내면'화, 그리고 상상력

討議論代帶連訓校

의논하여 좋은 것을 대대로 가르친다. 물려준다. 학교가 발전한다.
Hopes and discussions for bequeathing good knowledges from generation to
generation develop teacher and school.

교육, 더 나은 민주주의를 향해 세대 사이 띠를 잇는 두뇌와 심장과 손
학교, 미래 현실 예감의 아름다운 몸
교육학, 역사와 미래 연결의 상상력

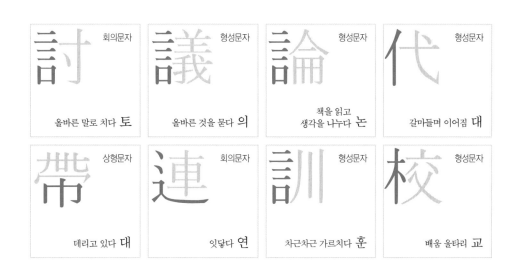

討 회의문자	議 형성문자	論 형성문자	代 형성문자
올바른 말로 치다 토	올바른 것을 묻다 의	책을 읽고 생각을 나누다 논	갈마들며 이어짐 대
帶 상형문자	連 회의문자	訓 형성문자	校 형성문자
데리고 있다 대	잇닿다 연	차근차근 가르치다 훈	배움 울타리 교

舊精構成淸範資源

옛것을 쓿으니 새것의 바탕이다.
The essence of old age is foundation of the new.

상식, 생활의 배꼽

舊 형성문자	精 형성문자	構 형성문자	成 형성문자
오래되다 구	쌀을 찧어 깨끗이 하다 정	집을 짓다 구	이루다 성
淸 형성문자	範 형성문자	資 형성문자	源 회의문자
맑은 청	바탕으로 삼을 만한 보기 범	밑천 자	바탕 원

본

模倣反影竹馬故友

모방과 반영은 죽마고우

Imitation and reflexion are the hobby-horse friends.

模 형성문자 — 본뜨다 모	倣 형성문자 — 흉내내다 방
反 형성문자 — 뒤집다 반	影 회의문자 — 그림자 영
竹 상형문자 — 대 죽	馬 상형문자 — 말 마
故 형성문자 — 오래되다 고	友 회의문자 — 벗 우

오스트리아·합스부르크가의 영토확장

에스파냐·합스부르크가의 영지
1516~19년 획득

오스트리아·합스부르크가의 영지
1522년까지 획득
1526년 획득
1699년 획득
---- 신성로마제국

영왕국
폴란드왕국
신성로마제국
프랑스왕국
헝가리왕국
오스만제국
에스파냐왕국
사르데냐왕국
나폴리왕국
시칠리아왕국
지중해

景槪律呂記網鼓膜

자연 경관이 고막에 음악을 새긴다.
The beauty of nature writes music on eardrum.

景 형성문자
볕 경

槪 형성문자
겉모습 개

律 형성문자
볕소리 율

呂 상형문자
그늘소리 려

記 형성문자
적어두다 기

網 회의문자
그물 망

鼓 회의문자
북 고

膜 형성문자
꺼풀 막

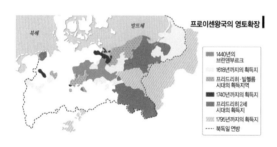

프로이센왕국의 영토확장

북해

발트해

1440년의
브란덴부르크

1618년까지의 획득지

프리드리히 · 빌헬름
시대의 획득지역

1740년까지의 획득지

프리드리히 2세
시대의 획득지

1795년까지의 획득지

북독일 연방

家美性體未來建築

집은 아름다운 사랑의 몸, 건축이 된다.
House is a body of beautiful sex, becomes architecture, and

건축공학, 건축의 건축

家 형성문자 집 가	美 회의문자 아름다운 미	性 회의문자 몸과 마음의 스스로 그러함 성	體 형성문자 온몸 체
未 상형문자 아직 아니 미	來 상형문자 오다 래	建 회의문자 세우다 건	築 형성문자 쌓다 축

彫刻不斷今主人公

조각은 끊임없는 오늘의 주인공
Sculpture stands as endless hero(ine) of today.

彫 형성문자	刻 형성문자
무늬를 새기다 조	깎아내다 각

不 지사문자	斷 회의문자
아니하다 불	끊다 단

今 회의문자	主 상형문자
이제 금	등불 한가운데 주

人 상형문자	公 회의문자
사람 인	그대 공

바이킹의 이동경로

그린란드

노르웨이 스웨덴
덴마크

북아메리카 유럽 아시아

북대서양

➡ 노르웨이 이동경로
➡ 스웨덴 이동경로
➡ 덴마크 이동경로

지중해

아프리카

繪畫呼吸表面混沌

회화는 평면의 혼돈이 내쉬는 질서
Painting breathes surface's chaos in and cosmos out.

繪 형성문자 물감 그림 회

畫 회의문자 줄그림 화

呼 형성문자 날숨 호

吸 형성문자 들숨 흡

表 회의문자 겉 표

面 회의문자 낯 면

混 형성문자 섞다 혼

沌 형성문자 엉기다 돈

프랑스왕국령의 확대(1461~1532년)

잉글랜드왕국
신성로마제국
대서양
프랑스왕국
지중해

1461년의 국왕령
루이 11세의 획득령
프랑수아 1세의 획득령
발루아 가(家)의 영토
프랑스 국왕 지배지

永遠洞察直觀瞬詩

시는 영원을 곧장 꿰뚫는 순간
Poetry is the penetration, intuition of eternity.

永 (지사문자)	遠 (형성문자)	洞 (형성문자)	察 (형성문자)
시간이 긴 **영**	거리가 먼 **원**	꿰뚫다 **통**	살피다 **찰**
直 (회의문자)	觀 (형성문자)	瞬 (형성문자)	詩 (형성문자)
똑바로 서다 **직**	잘 보다 **관**	눈 깜짝이다 **순**	노래에 들림 **시**

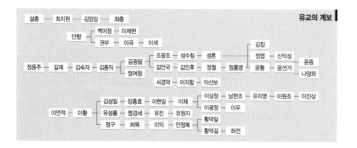

유교의 계보

小說收容難解方法

소설은 난해를 수용하는 방법
Story is the method of understanding the hard-to-understand.

小 상형문자 작은 소	說 형성문자 즐겁게 말하다 설	收 형성문자 거두다 수	容 회의문자 담다 용
難 형성문자 어려운 난	解 회의문자 풀어헤치다 해	方 상형문자 모 방	法 회의문자 물흐름 법

유교의 계보

文學最熟獨創社會

문학은 가장 무르익은 독창성의 사회
Literature is the most ripe, original society.

文 회의문자 / 글 문	學 회의문자 / 배우다 학	最 회의문자 / 가장 최	熟 형성문자 / 익은 숙
獨 형성문자 / 홀로 독	創 형성문자 / 비롯하다 창	社 회의문자 / 다 모이다 사	會 회의문자 / 모임 회

본

演劇克狂於至品格

연극은 광기를 이겨내고 더 나은 인격에 달한다.
Drama overcomes the madness and arrives at better personality.

演 형성문자 펴다 연	劇 형성문자 큰 일 놀이 극	克 형성문자 이기다 극	狂 형성문자 미치다 광
於 가차문자 에 어	至 상형문자 이르다 지	品 회의문자 것들 품	格 형성문자 똑바로 자란 높은 나무 격

이슬람과 당의 대립

동돌궐 · 서돌궐 (7세기 전반)

설위

발해
신라
백제

동돌궐
(위구르)

거란

서돌궐

사타
고창국
(640멸망)

아바스조

토욕혼

당항
(탕구트)

당

구르자라국

토번

남조

하르샤왕국

寫眞奇妙假想現實

사진은 기묘한 가상현실
Photography the strange and queer virtual reality.

寫 형성문자	眞 상형문자	奇 형성문자	妙 형성문자
베끼다 사	참 진	기특한 기	야릇한 묘

假 형성문자	想 형성문자	現 형성문자	實 회의문자
거짓 가	떠올리다 상	나타나다 현	잘 여문 열매 실

백년전쟁 전기

런던
잉글랜드 왕국
1340년
신성로마제국
1346년
파리
앙주령
부르고뉴공령
대서양
1356년
보르도
프랑스왕국
지중해

■ 1339년 잉글랜드령
■ 브레티니화약(1360) 뒤의 잉글랜드령
→ 1346년 잉글랜드군의 진로   → 프랑스군의 진로

114

電映千里藝術希望

텔레비전은 천리안의 예술 희망이다.
Television the fine arts' hope of the omnipresence.

電 상형문자 / 번개 전	映 형성문자 / 비치다 영
千 형성문자 / 1,000 천	里 회의문자 / 마을 리
藝 회의문자 / 나무 풀 심기 예	術 형성문자 / 다녀서 생긴 마을 안 길 술
希 형성문자 / 바라다 희	望 회의문자 / 멀리 바라보다 망

백년전쟁 후기

런던
잉글랜드 왕국
✕ 1415년
파리
1429년

대서양
프랑스왕국
보르도
지중해

■ 1429년 무렵 잉글랜드·프랑스 연합 왕가의 세력도
1430년 부르고뉴공의 지배지
→ 1415년 헨리 5세군의 진로　→ 1429년 프랑스군의 진로

數字歲月凝縮墓圓

숫자는 세월을 둥글게 응축한 무덤
Numerals are tomb-circles condensing the time and tide.

미분과 적분 그리고 해석, 곡면과 '노동=예술'과 극한의 디지털

寸尺測算加減分乘

마디로 셈하고 자로 재고 더하고 빼고 나누고 곱한다.
Number counts, measure measures, adds and subtracts, divides and multiflies.

정보과학과 수학, 서로를 '논리=디지털' 화하며 현실을 능가하다

寸 지사문자	尺 지사문자	測 형성문자	算 회의문자
마디 촌	자 척	길이를 재다 측	셈하다 산
加 회의문자	減 형성문자	分 회의문자	乘 회의문자
너하나 가	널다 감	나누다 분	곱하다 승

幾何像略寶石外形

기하는 보석 겉모습을 줄인 숫자
Geometry concentrates the shapes of the jewelry.

幾 회의문자 — 얼마 기	何 형성문자 — 어찌 하
像 형성문자 — 닮다 상	略 형성문자 — 손쉽게 하다 략
寶 회의문자 — 보배 보	石 상형문자 — 돌 석
外 회의문자 — 바깥 외	形 형성문자 — 꼴 형

■ 고대의 동서 교통로

초원길
황하문명
메소포타미아문명
비단길
중국
이집트문명
인더스문명
이집트
아라비아 반도
인도
태평양
에티오피아
비닷길
인도양
■ 고대문명 발상지

본

線曆座標位置輻射

선은 온갖 방향으로 뻗어 스스로 세월의 좌표를 펼친다.
Line radiates itself, makes the calendar-like coordination,

좌표와 방정식, 곡선의 디지털

線 형성문자 / 줄 선

曆 형성문자 / 날을 잇달아 세다 력

座 회의문자 / 집 안 앉는 자리 좌

標 형성문자 / 커다란 나무 아주 여린 끝 표

位 회의문자 / 선 자리 위

置 형성문자 / 두다 치

輻 형성문자 / 바퀴살 복

射 회의문자 / 쏘다 사

橢抛雙曲前後左右

전후좌우로 움직이며 타원과 포물선과 쌍곡선을 그린다.
Spreads itself oval, parabolic, mirror-hyperbolic, before and after, left and right,

비유클리드기하학, 우주의 디지털

橢 형성문자	抛 형성문자	雙 회의문자	曲 상형문자
길게 둥근 **타**	던지다 **포**	두 짝 **쌍**	굽다 **곡**
前 형성문자	後 회의문자	左 회의문자	右 회의문자
앞 **전**	뒤 **후**	왼 **좌**	오른 **우**

東西南北四向矯正

동서남북 4방을 바로 잡는다.
Decides east-west-south-northward,

東 회의문자 해 뜨는 쪽 동	西 상형문자 새 둥지 서	南 형성문자 울타리 속 양 떼 남	北 회의문자 등진 쪽 북
四 지사문자 넷 사	向 상형문자 길잡다 향	矯 형성문자 바로잡다 교	正 회의문자 바른 정

垂平隔江山誌盤圖

멀리 떨어진 강산을 수평으로 바닥에 기록한 것이 지도다.
Locates far away rivers and mountains horizontal in a table, that's a map.

역사학, 인간이 그린 자연의 시−공간 지도 작성법

형성문자	지사문자	형성문자	형성문자
드리우다 수	고른 평	사이 뜨다 격	큰 시내 강
상형문자	형성문자	형성문자	회의문자
메 산	말로 남겨두다 지	바닥이 고르고 큰 그릇 반	땅 나눈 그림 도

由等高低殼界與島

높낮이 따라 지각과 섬까지 기록한다.
Paint-writes the height or depth of the earth's crust, and islets, that's a map,

由 상형문자 맞추다 유	等 회의문자 같은 또래 등	高 상형문자 높은 고	低 형성문자 키가 낮은 저
殼 형성문자 껍질 각	界 형성문자 땅 둘레 계	與 회의문자 더불다 여	島 형성문자 섬 도

▌흉노의 세력범위

정령(튀르크)
고구려
대원국
흉노
선비
옥저
강거
오손
대월지
소월지
한
계빈
착강
강
파르티아
저
인도

名道普遍集團全般

널리 마을과 무리에 이름이 붙는다.
And it names the villages and groups far and wide.

경관, 한 눈에 보다/ 기술, 본 대로 적다/ 화법, 본 대로 그리다
유형, 비슷한 틀로 나누다/ 계통, 일정한 순서로 이어지다/ 비교, 같은 계통에서 견주다/ 대조, 다른 계통에서 견주다
계량, 양으로 재다/ 계면, 한계에 달하다

名 회의문자	道 회의문자	普 회의문자	遍 형성문자
이름 명	한 줄로 통하는 큰 길 도	널리 덮다 보	남김없이 두루 미치다 편
集 회의문자	團 형성문자	全 회의문자	般 회의문자
모여들다 집	둥글게 뭉침 단	많이 모은 구슬 중 가장 예쁜 것 전	둘러싸다 반

參評致理零限程式

참여하고 평가하고 깨닫고 숫자 제로와 방정식을 만든다.

The participation-assessment reaches the principle, creates the numeral zero of
  'nothing is being' and equation,

參 형성문자	評 회의문자	致 회의문자	理 형성문자
끼다 참	치우치지 않게 말하다 평	서둘러 이르다 치	일을 다스리다 리
零 형성문자	限 형성문자	程 형성문자	式 형성문자
떨어지다. 0 영	가장자리 한	길이 토막 정	본뜸 식

가래농경과 쟁기농경 I~II 가래농경문화 III~IV 쟁기농경문화

懷疑探查證明比較

의심하고, 살펴보고, 증명하고, 비교한다.
Doubts, inquires, proves, compares,

이성론과 경험론 철학, 근대의 출발
칸트와 헤겔, 대립의 초월과 이원론의 지양

懷 형성문자
마음에 품다 회

疑 회의문자
짧은 칼과 화살을
든 아이 의

探 회의문자
더듬어 찾다 탐

查 형성문자
가시나무를 살피다 사

證 형성문자
말을 위로 올리다 증

明 회의문자
밝히다 명

比 상형문자
나란히 견주다 비

較 형성문자
잇닿아 견주다 교

繹納綜柝總抽歸科

연역하고 귀납하고 종합하고 분석, 과목을 뽑아낸다.
Deduces and induces, analyses and synthesizes, abstracts to the science subjects.

기호학과 기호논리학, 숫자와 언어 그리고 논리 '사이'를 능가하는 상상력

繹 형성문자	納 형성문자	綜 형성문자	柝 회의문자
실타래를 풀다 역	들이다 납	실을 한 타래로 감다 종	도끼로 나무를 쪼개다 석

總 형성문자	抽 형성문자	歸 회의문자	科 회의문자
모두다 총	뽑다 추	돌아오다 귀	벼를 말로 되어 나누다 과

尋索審省禪答困密

온몸을 밀어붙이며 한꺼번에 전체를 깨닫고 느낀다.
Gathering, feeling the simultaneous whole are also to be encouraged.

전체론, 직관과 통찰의 몸
학제, 경계와 겹침과 심화-확산의 상상력
응용과학, '응용=과학'

尋 회의문자	索 회의문자	審 회의문자	省 회의문자
재어 찾다 심	꼬아 찾다 색	덮인 것을 살피다 심	드러난 것을 살피다 성
禪 형성문자	答 형성문자	困 회의문자	密 형성문자
하늘 내림 땅 고름 선	맞서 맞추다 답	다발로 묶인 나무 곤	빽빽한 밀

螺絲關鍵隱鐵工作

나사는 쇠물건 속에 숨은 열쇠이자 자물쇠
Screws are the keys and locks hidden in the iron-made.

螺 형성문자	絲 상형문자	關 형성문자	鍵 형성문자
소라 **나**	실 **사**	빗장 **관**	자물쇠를 잠그는 열쇠 **건**
隱 형성문자	鐵 형성문자	工 상형문자	作 형성문자
숨다 **은**	검은쇠 **철**	곱자 **공**	만들다 **작**

작물 최초 재배 추정지

機械能改革職業務

기계는 직업과 일의 혁명을 부른다.
The machines summon revolution of human job-work.

기계공학, 스스로를 능가하는 기계의 상상력
산업, 세상을 낳다
직업과 생계 그리고 소득, 노동의 '성=세속'과 생명의 숫자

機 형성문자	**械** 형성문자
약하게 움직이는 틀 **기**	움직이지 않는 틀 **계**
能 형성문자	**改** 형성문자
곰처럼 재주부리다 **능**	굽은 것을 바로잡다 **개**
革 상형문자	**職** 형성문자
털 벗긴 가죽, 고치다 **혁**	가게 장사 깃발 **직**
業 형성문자	**務** 형성문자
먹고살려고 하는 일 **업**	힘쓰다 **무**

政治陸橋守靑信號

정치는 육교 위 푸른 신호
Politics are like a blue signal-light on the overpass.

신화: 풀어진 '종교=이야기'의 시간
제의: 응축한 '종교=이야기'의 공간
정치: 제의의 제도화
체제, '제도=몸'
정치학, '정치=배움'

政 형성문자	治 형성문자	陸 회의문자	橋 형성문자
바르게 다스리다 정	큰 물을 다스리다 치	뭍 육	다리 교

守 회의문자	靑 형성문자	信 회의문자	號 형성문자
지키다 수	하늘 푸른 청	믿다 신	호랑이가 사납게 외치다 호

選擧投票約束郵便

선거 투표는 약속의 우편엽서
Election-vote is a post mail of promise.

選 형성문자 뽑다 선	擧 회의문자 들다 거
投 형성문자 손으로 던지다 투	票 회의문자 쪽지 표
約 형성문자 꼭 묶다 약	束 회의문자 동여매다 속
郵 회의문자 가장자리 땅까지 우	便 회의문자 살기 쉽게 하다 편

농업 1차, 2차 중심지

본

恭敬浪漫適當話涉

공경과 낭만이 적당히 섞여들 일이다.
Respect and romanticism must interfere each other fitly.

인문학, '인간문화=과학'

형성문자	회의문자	형성문자	형성문자
恭	敬	浪	漫
고분고분하다 공	받들다 경	이는 물결 낭	질펀한 만

형성문자	형성문자	형성문자	회의문자
適	當	話	涉
알맞은 적	마땅한 당	이런저런 얘기 나누다 화	시내를 걸어서 건너다 섭

諷刺冒險誤謬矛盾

풍자는 오류와 모순도 무릅쓴다.
Satire ventures even the error and contradiction.

지식과 지식인, 상식의 배꼽과 민주주의의 미학

諷 형성문자	刺 회의문자	冒 회의문자	險 형성문자
빗대어 말하다 풍	찌르다 자	무릅쓰다 모	깎아지른 산 험
誤 형성문자	謬 형성문자	矛 상형문자	盾 상형문자
그르치다 오	잘못하다 류	끝이 꼬부라진 긴 찌르는 꼬챙이 모	몸을 가리는 막는 조각 순

經濟巨大脂麗內腸

경제는 거대한, 화려하게 기름진 내장
Economy is a vast, fertile intestine.

경제학, 의식주가 의식주를 분석하다
경제위기(공황), 자본주의의 블랙홀

經 형성문자	濟 형성문자	巨 상형문자	大 지사문자
지나다 경	강을 건너게 하다 제	몸집 큰 거	큰 대
脂 형성문자	麗 회의문자	內 회의문자	腸 형성문자
기름 지	고운 려	속 내	배알 장

賣買存效使用價值

사용가치와 효용가치가 매매값을 결정한다.
Sells and buys according to the utility-value and value-in-use.

賣 회의문자 팔다 매	買 회의문자 사다 매
存 형성문자 사람이 있다 존	效 형성문자 본받다 효
使 회의문자 부리다 사	用 회의문자 쓰다 용
價 형성문자 값어치 가	値 형성문자 지닌 것 치

잉카제국의 팽창

콜롬비아
에콰도르
페루
브라질
태평양
볼리비아
칠레
아르헨티나

파차쿠티
1438~1463
투팍 잉카
1463~1471
투팍 잉카
1471~1493
후아이나 카팍
1493~1525
잉카 정복 후

본

賃貸借介供需育營

노동과 대차에 공급과 수요가 있다.
The labor and wage, loan supply and demand, too.

기업 경영과 부기 및 회계, 경제의 정치화와 정치의 경제화, 그리고 숫자화

貿易得費要斗米糧

무역으로 번 돈을 양식 구입에 쓴다.
Trade prepares and manages the necessaries.

貿 형성문자 팔아서 남기다 무	易 상형문자 서로 바꾸다 역	得 회의문자 얻다 득	費 형성문자 써버리다 비
要 상형문자 허리에 손을 얹은 여자 요	斗 형성문자 말 두	米 상형문자 쌀 미	糧 형성문자 된쌀 량

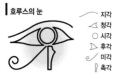

호루스의 눈

⟍ 지각
◁ 청각
○ 시각
▷ 후각
⟍ 미각
❘ 촉각   ◀ 5감을 합쳤다

貨幣謀融半導達完

화폐가 합쳐 금융이 된다. 모종의 음모가 된다. 반도체가 모종의 완성에
  달한다.

Money conglomerate to the finance and to some kind of conspiracy, but
  semiconductors complete some kind of completion.

상업과 시장 그리고 금융, 유통을 능가하는 유통의 기적과 몸 그리고 배꼽

貨 형성문자	幣 형성문자	謀 형성문자	融 형성문자
돈 화	명주 손형겊 폐	몰래 꾀하다 모	녹아들다 융
半 회의문자	導 형성문자	達 형성문자	完 형성문자
똑같이 둘로 나눈 한 쪽 반	이끌다 도	이르다 달	흠 없는 완

目的過星宿銀河房

별을 지나 은하수 방에서 묵을 일이다.
I wanna pass the stars to sleep in the Milky Way room.

目 상형문자 한 눈 **목**	的 형성문자 과녁, 의 **적**
過 형성문자 지나다 **과**	星 형성문자 별 **성**
宿 형성문자 묵다 **숙**	銀 형성문자 뚜렷하게 눈에 뜨이는 쇠붙이 **은**
河 형성문자 세차게 흐르는 물 **하**	房 형성문자 지게 곁 **방**

■ 그리스 극장 구조도

靈魂放免若如變態

영혼 방면은 동물의 탈바꿈과 같다.
Soul's liberation is like animal metamorphosis.

靈 형성문자 비 내림 영	魂 형성문자 죽은 뒤 하늘로 올라간 넋 **혼** ※ 죽은 뒤 땅에 머무는 넋은 魄
放 형성문자 놓아주다 방	免 회의문자 벗어나다 면
若 회의문자 이같은 약	如 형성문자 그와 같은 여
變 형성문자 달라지다 변	態 회의문자 모습 태

밀로의 비너스

1820년 에게해 섬 밀로스에서 농부 이요고르가 발견한 고대 그리스 아프로디테상으로 고대 그리스 여성미의 전형을 보여준다. 양팔이 잘렸으나, 신비하게도 균형이 완벽하여, 시간의 신이 작품을 완성한 것 아닐까 하는 생각도 든다. 아니, 여러 시기 조각가들이 같은 시기에 한 곳에 모여 완성한 듯, BC 2∼1세기에 제작된 이 상의 얼굴과 동작 모양은 BC 4세기 스코파스풍이고 의상은 BC 5세기 페이다스풍이다, 상하 두 개의 파로스 대리석을 허리 부분에서 높이 2, 04미터로 이었다.

踐哲聖活沐浴齊戒

밝음으로 거룩함을 살리는 목욕재계
Philosophy activates the holiness, a bath tempers.

踐 형성문자	哲 형성문자	聖 형성문자	活 형성문자
밟다 천	슬기로운 철	거룩한 성	힘차게 살다 활
沐 형성문자	浴 형성문자	齊 상형문자	戒 회의문자
머리 감다 목	물을 끼얹어 씻다 욕	가지런한 제	삼가다 계

丰 丌丌 丌 丌丌丌 丌丌 丌
y d n d n . a l m n t .

丰丰 丌 丌 丌 丌丌 丰丰 丌
y t p t . t p t . y t m

◀ 우가리트 알파벳 쐐기문자. '그분이 과부의 하소연을 들어주고/그분이 고아들을 보살펴준다.'

遊旅惠受幻苦倒着

방황은 헛됨의 아픔도 은혜로 받아들인다.
A journey accepts pain of futility as a grace.

遊 형성문자	旅 회의문자	惠 회의문자	受 회의문자
나다니다 유	나그네 여	스스로 삼가고 남에게 어진 마음 혜	받다 수
幻 상형문자	苦 형성문자	倒 형성문자	着 형성문자
헛보이다 환	쓴 고	넘어지다 도	입다 착

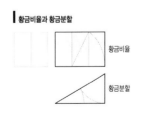

황금비율과 황금분할

황금비율

황금분할

釣松川亭淵池蓮陰

소나무 냇가, 정자 연못 연꽃 그늘 아래 낚시
By the pine-tree stream, under the pond-arbor, wishes to throw the bait beneath
the lotus shade.

釣 형성문자 낚다 조	松 형성문자 소나무 송	川 상형문자 시내 천	亭 형성문자 머물러 쉬게끔 세운 것 정
淵 회의문자 깊은 못 연	池 형성문자 웅덩이 지	蓮 형성문자 련이라 부르는 풀 련	陰 형성문자 그늘 음

아스텍의 지도
아스텍인의 지도이자 역사 도표. 아스틀란(위 오른쪽 직사각형 물굽이)에서 이주한 경로를 전통적인 발자국 부호로 표시하고, 그때그때 장소와 사건을 문자로 요약했다. 그들은 오늘날 멕시코시티 한가운데에 있는 차풀테페크산(메뚜기 언덕)에 얼마 동안 머물다가, 멕시코 계곡 테노치티틀란에 정착하는데, 아래 왼쪽 늪지대 한가운데 근처 선인장이 그 표시다.

田園仙舍飲茶每吉

전원의 신선 집 차를 마시니 날마다 길하다.
At a pastoral hermit-shed, a tea ceremony makes everyday auspicious.

田 상형문자	園 형성문자	仙 형성문자	舍 상형문자
밭 전	동산 원	산에서 사는 사람 선	나그네 머무는 집 사

飲 형성문자	茶 형성문자	每 형성문자	吉 회의문자
마시다 음	넓게 우거진 풀 다	마다 매	선비 말씀 길

見者居閑沈默廣告

견자는 한가로이 살며 침묵을 널리 알린다.
A seer lives in leisure, advertises the silence,

見 상형문자 저쪽으로 보다 견	者 형성문자 놈 자
居 형성문자 들어 살다 거	閑 회의문자 틈이 나다 한
沈 형성문자 가라앉다 침	默 형성문자 입 다문 개 묵
廣 형성문자 마루 넓은 광	告 회의문자 아뢰다 고

18세기 중반 중국 천하도 중화사상
중국은 한가운데 왕국이고 나머지 나라들은 뿔뿔이 흩어진 작은 섬나라들이다. 1) 중국.
2) 인간 기원 산. 3) 초인들의 땅. 4) 여성들의 땅. 5) 살기 힘든 땅. 6) 불의 정령 산. 7) 거
대하게 둘러싼 산. 8) 온통 하얀 산. 9) 푸상(아메리카?). 10) 백인들의 땅. 11) 인도.

衆孤趣落去讀聞玄

군중 속 외로움 따위 버리고 헤아릴 수 없는 깊이를 읽고 듣는다.
Gets out of the solitude-in-crowd, relishes to read and hear the depthless depth.

현대철학, 의식의 블랙홀을 생의 실존으로 채우다

衆 회의문자 많은 사람 중

孤 형성문자 외로운 고

趣 형성문자 바빠 가다 취

落 형성문자 풀이 떨어지다 락

去 형성문자 가버리다 거

讀 형성문자 읽다 독

聞 형성문자 귀에 들리다 문

玄 회의문자 노끈 매듭, 그윽하고 먼 붉은 검정 현

酒杯歌令朝晚應波

술잔 들고 노래하니 아침부터 저물 때까지 따라 부르는 파도 소리
A drinking song shakes the wave-sound from morning till late,

酒 회의문자 술 주	杯 형성문자 작은 그릇 배	歌 형성문자 노래 가	令 회의문자 하여금 영
朝 형성문자 아침 조	晚 형성문자 저물다 만	應 형성문자 맞장구치다 응	波 형성문자 물결 파

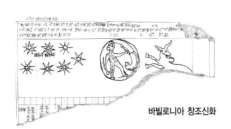

바빌로니아 창조신화

率雁夕羅逍遙庭寂

기러기 떼 비단 노을 거느리고 거니는 뜰 안의 고요
Promenades the stillness in the garden with evening glow of the wild-geese silk,

率 상형문자 이끌다 솔	雁 형성문자 기러기 안
夕 지사문자 저녁 석	羅 회의문자 깁 라
逍 형성문자 거닐다 소	遙 형성문자 이리저리 걷다 요
庭 회의문자 뜰락 정	寂 형성문자 고요한 적

알렉산더 제국

제국의 영역 / 이동경로 ✕ 주요전투

執筆劃紙白志宣題

붓 들고 종이 가늠하고 뜻 비우고 제목 정한다.
Takes a pen, sights paper, empties will, gives a title.

執 회의문자 손을 뻗어 잡다 집	筆 회의문자 붓 필	劃 형성문자 굿다 획	紙 형성문자 종이 지
白 지사문자 하양 백	志 회의문자 할 뜻 지	宣 형성문자 널리 펴다 선	題 형성문자 글머리 제

중세 대학 교과

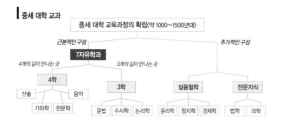

荒野傷慕沙漠玉露

거친 들판에 그리움은 상처지만 모래사막에서는 옥 이슬이다.
In wilderness the yearning is sentimental, but in desert the jade-dew drops.

荒 형성문자 거치른 황	野 형성문자 들 야	傷 형성문자 몸을 다치다 상	慕 형성문자 그리워하다 모
沙 회의문자 모래 사	漠 형성문자 물 없이 넓은 막	玉 상형문자 옥이라 부르는 돌 옥	露 형성문자 이슬 로

新千字文 神生

神秘天地間日常色　重力類悲嘆安息處

原核元素基本質量　微粒中室秩序均衡　固定昇華液流蒸發

生命宇宙舞踊音樂　心喜怒哀懼愛惡欲

頭腦龍虎鳳羽場所　思可速光深奧海洋　此冥世上出入口臍

我卵寓動睡眠植物　魚鳥兩棲爬蟲哺乳　紅黃綠花種子果樹　針葉枝根藻羊齒門

眼視耳聽鼻嗅舌嘗　感覺情報交通運送　臭豫膚接聲歡味結

手足鑄型脈搏勞鍊　脚輪膝起臂飛肉契

爽快空氣親近言語　霧迷雲濁風浮雨憂　霜冷暑熱寒慮雪溫　雷愼洪濫虹淚蝕食

岩顔湖瞳峽灣指紋　氷恨泉穴瀑布震痛　干滿潮血三角洲宮

自然保護萬年歷史　環境役割父母兄弟

遺傳展開異跡長短　進化胎兒時計則路

意識脫皮暗黑包裝　認知就相對優越合　器私有具慘酷幼戲

火水木金土行造球　磁極引逐象候衣裳

回轉太陽季節循還　春稼夏養秋穡冬藏

死亡鬪席攻擊立步　必滅留念榮譽洗練　陶瓷佳觸服夢細韻

疾病誣鄕藥草醫療　巫堂媒宗敎仰絶比　臨床硏究試驗健康

栽培穀李强弱調和　多組群員共同配給　灌漑肥料釀酵蠶林

飼禽牧畜豊饒財産　犬牛鷄豚慶祝幸福

初始終止首尾協助　國弘益憲領民區域　唯壹個別負擔矜持

辭彙俗談古典敍事　委任係承衛監往退　粘板冊館印樣刷版

仁善義禮倫香辛族　男女老少冠婚喪祭　謹勉更新修武賢德

因慣習犯罪刑罰獄　八條禁誡愚蒙盜賊　訴訟裁判請求權利

皇帝君王英雄臣下　封施莊卿將取稅貢　百姓富貴貧賤制度

士書農耕商換漁拓　戶府市都亂雜詞章

戰爭消無夫唱婦隨　官軍車兵追憶忘己　京邑村谷劍征鳴溢

背逆恩師伏裏再考　是非盟誓但禍童孫　姑伯叔氏隊列問弔

赤叛勇憤稱莫爲皆　附屬侍從拒否忠孝

案積競功策拜抑壓　次例段階層登裂切　端貞珍才曰虛好賞

討議論代帶連訓校　舊精構成淸範資源

模倣反影竹馬故友　景槪律呂記網鼓膜

家美性體未來建築　彫刻不斷今主人公　繪畫呼吸表面混沌

永遠洞察直觀瞬詩　小說收容難解方法　文學最熟獨創社會

演劇克狂於至品格

寫眞奇妙假想現實　電映千里藝術希望

數字歲月凝縮墓圓　寸尺測算加減分乘

幾何像略寶石外形　線曆座標位置輻射　楕抛雙曲前後左右　東西南北四向矯正

垂平隔江山誌盤圖　由等高低殼界與島　名道普遍集團全般

參評致理零限程式　懷疑探查證明比較　繹納綜析總抽歸科

尋索審省禪答困密

螺絲關鍵隱鐵工作　機械能改革職業務

政治陸橋守靑信號　選擧投票約束郵便

恭敬浪漫適當話涉　諷刺冒險誤謬矛盾

經濟巨大脂麗內腸　賣買存效使用價値　賃貸借介供需育營　貿易得費要斗米糧

貨幣謀融半導達完

目的過星宿銀河房　靈魂放免若如變態

踐哲聖活沐浴齊戒　遊旅惠受幻苦倒着

釣松川亭淵池蓮陰　田園仙舍飮茶每吉

見者居閑沈默廣告　衆孤趣落去讀聞玄

酒杯歌令朝晚應波　率雁夕羅逍遙庭寂　執筆劃紙白志宣題

荒野傷慕沙漠玉露

A New Chinese Thousand-Character Text God-birth

Mystery is color of the ordinary between heaven and earth.

Gravity is the rest-place resembling sorrow.

A matter is a particle room where smaller matters by each's own quality-quantity

Make the order-balance, and endless room in room in room...

The solid forms to sublimate and, the liquid flows to evaporate.

Life is dance and music of cosmos.

Heart delights, gets angry, feel sad, fears, loves, hates, wants.

Brain is the dragon-tiger fighting burning place.

Thought goes faster than light and deeper than sea.

Navel is entrance and exit between this and the other world.

Animals and plants are egged in me.

Fishes, birds, amphibians, reptiles, mammals crouch as a fable,

The colorful flowers, the seed-fruit trees,

Needle-leaves, boughs, roots, algae and ferns sleep in me.

Eye sees, ear hears, nose smells, tongue tastes,

Senses transport informations and traffic.

Smell comes before, skin meets, sound is glad, taste ends.

Hands and feet form, make, work the pulse-beats to skill.

Legs whees, knees lift, arms fly, body contracts.

Air is pleasant, language intimate.

Mist, vanishing, cloud, grey, wind, floats, rain, gloomy,

Frost, heartless, heat, aspirant, the cold, thoughtful, snow, warm.

Thunder hesitates, flood overflows, rainbow tears colorful, eclipse, insect-eaten.

Rock resembles the face, lake the eye-pupil, fjord the fingeroprints,

Ice the grievances, spring the acupuncture point, waterfall the linen-cloth, lightening the pain.

Tide resembles the menstruation, delta the womb.

Nature protects the ten thousand years' history,

The role of the environment is that of parents and brothers and sisters.

Heredity deploys the strange traces near and far.

Evolution is like the human embryo's clock-road in mother womb.

Consciousness takes off the darkness.

Recognition advances to add the mutual better half.

Vessel owns privately, tool plays the cruel children's play.

Earth of fire, water, wood, iron, soil.

Magnetism draws and forces out. Weather and climate are the cloth of earth.

Turns around the sun, resulting in the spring-summer-autumn-winter rotation.

Spring sows, summer brings up, autumn harvests, winter stores.

Death attacks the homo erectus wherever and whenever.

Being conscious of mortality, the human being exerts fame and delicacy, so

Porcelain touches smooth and sweet as if clad in dream and rhyme.

Disease slanders the community with evil spirit, but the medicine plant cures.

Medicine-(wo)man mediates the religion, the belief in the holy and the absolute,

And clinic study-test promotes the health.

Plant cultivation understands the harmony of strong and weak.

Various groups practice cooperative distribution,

Irrigation, manure, fermentation, sericulture, forestry,

And domestication makes property, and

Dogs, cattle, chicken and pigs celebrate human happiness.

The first beginning and the last end meets well, so

Nation, law, district benefit each other, all and wide, and

Each Individual cherishes pride of the only one self life in the world.

Words make sentences, proverbs, classic stories short and long,

Which are transmitted from mouth to mouth, coming and going, and preserved in pictographs.

The clay-tablets become the books, books become libraries, the stamp designs the print, and

   publishes.

Virtue, goodness, justice, propriety, and morals season a tribe.

The coming-of-age, marriage, funeral and the ancestor memorial ceremonies are skeletons that hold out the life-span.

Courage, wisdom, generosity are to be achieved hard earnestly.

Offending the convention-habits makes crimes, punishments, prisons.

Various prohibitions guard against stupidity, ignorance, and theft. but

But an accused person is sure to have the right of justice trial.

Emperors, kings, heroes, ministers arise,

Feudalism makes manors, lords, warriors, dues and tributes.

The rich and high become richer and higher, the poor and low become poorer and lower.

The scholars study, farmers till, merchants deal, fishers spread nets, and

From door to door, in the public office, in fairs and cities the prose and verse are mixed into

disorder.

War destroys the husband-wife relationship,

The government troops and carriages make the reminiscence devastate itself.

The sword-bloodsheds and screams brim the capital and towns and country valleys.

Teacher's favors are betrayed, a prostration embosoms an reconsideration.

Right and wrong arguments, oaths only harm the children and the sons of sons,

Make the old relations to condole in a line.

Rebellion is red-faced and bold and furious, says no to all thing,

The attendants attend and follow but fails sincerity, loyalty, filial duty.

This or that ideas pile up and wrangle the recognition, only to the erroneous conclusion of the

    repression at once of the riot,

The systematical solutions of the situation crack and break,

And the decent, upright, rare genius praisings are vainglorious.

Hopes and discussions for bequeathing good knowledges from generation to generation develop

    teacher and school.

The essence of old age is foundation of the new.

Imitation and reflexion are the hobby-horse friends.

The beauty of nature writes music on eardrum.

House is a body of beautiful sex, becomes architecture, and

Sculpture stands as endless hero(ine) of today.

Painting breathes surface's chaos in and cosmos out.

Poetry is the penetration, intuition of eternity,

Story is the method of understanding the hard-to-understand,

Literature is the most ripe, original society,

Drama overcomes the madness and arrives at better personality,

Photography the strange and queer virtual reality,

Television the fine arts' hope of the omnipresence.

Numerals are tomb-circles condensing the time and tide.

Number counts, measure measures, adds and subtracts divides and multiflies.

Geometry concentrates the shapes of the jewelry.

Line radiates itself, makes the calendar-like coordination,

Spreads itself oval, parabolic, mirror-hyperbolic, before and after, left and right,

Decides east-west-south-northward,

Locates far away rivers and mountains horizontal in a table, that's a map,

Paint-writes the height or depth of the earth's crust, and islets, that's a map.

And it names the villages and groups far and wide.

The participation-assessment reaches the principle, creates the numeral zero of 'nothing is being'

and equation,

Doubts, inquires, proves, compares,

Deduces and induces, analyses and synthesizes, abstracts to the science subjects.

Gathering, feeling the simultaneous whole are also to be encouraged.

Screws are the keys and locks hidden in the iron-made,

The machines summon revolution of human job-work.

Politics are like a blue signal-light on the overpass,

Election-vote is a post mail of promise.

Respect and romanticism must interfere each other fitly.

Satire ventures even the error and contradiction.

Economy is a vast, fertile intestine,

Sells and buys according to the utility-value and value-in-use.

The labor and wage, loan supply and demand, too.

Trade prepares and manages the necessaries.

Money conglomerate to the finance and to some kind of conspiracy, but semiconductors complete

some kind of completion.

I wanna pass the stars to sleep in the Milky Way room.

Soul's liberation is like animal metamorphosis.

Philosophy activates the holiness, a bath tempers.

A journey accepts pain of futility as a grace.

By the pine-tree stream, under the pond-arbor, wishes to throw the bait beneath the lotus shade.

At a pastoral hermit-shed, a tea ceremony makes everyday auspicious.

A seer lives in leisure, advertises the silence,

Gets out of the solitude-in-crowd, relishes to read and hear the depthless depth.

A drinking song shakes the wave-sound from morning till late,

Promenades the stillness in the garden with evening glow of the wild-geese silk,

Takes a pen, sights paper, empties will, gives a title.

In wilderness the yearning is sentimental, but in desert the jade-dew drops.

본

새천자문 거룩한 탄생

신비는 하늘과 땅 사이 일상의 빛깔
중력은 슬픔을 닮은 안식처

물질은 더 작은 물질 속 더 작은 질량
끝없는 방 속의 방, 질서와 균형이다.
고체는 모양이 있다. 액체는 흐른다. 둘 다 기체로 사라진다.

생명은 우주의 무용이자 음악
마음은 기쁘고 노엽고 슬프고 두렵고 사랑하며 싫어하고 바라는 마음이다.

두뇌는 용과 호랑이가 싸우는 장
생각은 빛보다 빠르고 바다보다 깊다.
이 세상과 저 세상 사이 출입구가 배꼽이다.

내 안에 우화로 웅크린 동물과 식물
물고기, 새, 개구리, 뱀, 젖먹이 짐승들
울긋불긋 꽃들, 과일나무
바늘잎사귀, 가지, 뿌리, 미역과 고사리

눈은 본다. 귀는 듣는다. 코는 냄새 맡는다. 혀는 맛본다.
감각이 정보를 실어 나르는 교통
냄새는 미리 오고 살갗은 만나고 소리는 기쁘고 맛은 마무리다.

틀 짓는 손발이 두근두근 기술을 익힌다.

다리는 구르고 무릎은 들어올리고 팔은 날고 몸은 맺는다.

상쾌한 공기, 친근한 언어

안개는 아스라하고 구름, 흐리고 바람, 뜨고 비, 우울하다.

서리, 매몰차고 더위, 열렬하고 추위, 생각이 깊고 눈, 따스하다.

우레, 삼가고 홍수, 넘치고 무지개, 뉘우치고 일식과 월식, 벌레 먹는다.

바위는 얼굴을, 호수는 눈동자를, 피오르드는 지문을 닮았다.

얼음은 설움을, 샘은 혈을, 폭포는 베를, 벼락은 고통을 닮았다.

밀물 썰물은 달거리를, 삼각주는 자궁을 닮았다.

자연은 만년 역사를 지켜준다.

환경이 하는 일은 부모형제와 같다.

유전은 가까이 멀리 이상한 발자취를 펼친다.

진화는 엄마 뱃속 아기의 시간 길

의식은 어둡고 캄캄한 껍질을 벗는다.

인지는 나아가 서로의 뛰어난 점을 합한다.

그릇은 사유를 낳는다. 도구는 끔찍한 소꿉장난이다.

지구는 불과 물과 나무와 쇠와 흙의 지구다.

N극과 S극은 서로 잡아당기고 같은 극을 밀쳐낸다. 날씨와 기후는 옷이다.

해 둘레를 돈다. 그렇게 봄 여름 가을 겨울이 돌아온다.

봄은 심는다. 여름은 키운다. 가을은 거두고 겨울은 모아둔다.

죽음은 느닷없이 직립 인간을 덮친다.

필멸을 아는 인간이 더욱 명예와 아름다움에 골몰한다.

도자 감촉이 꿈의 운치를 입은 듯 매끄럽다.

질병은 동네가 뒤숭숭한 소문에 시달리게 하지만, 약초로 병을 고친다.

무당은 거룩한 종교로 가는 징검다리

의사는 환자의 병을 직접 살피고, 환자 아니라도 건강을 챙겨준다.

낟알 오얏 재배로 강약 조화를 배운다.

여럿이 모여 함께 나눈다.

논밭에 물 대고 거름 준다. 술 담그고 누에 치고 나무한다.

새와 짐승을 길들이니 재산이 실하다.

개와 소, 닭과 돼지가 행복을 기린다.

시작과 끝이, 머리와 꼬리가 서로 돕는다.

나라는 널리 이롭게 백성의 구역을 다스린다.

개인은 세상에 단 하나뿐인 자신의 삶이 자랑스럽다.

낱말이 모여 속담을, 고전 이야기를 이룬다.

오며 가며 구전되고 보존된다.

쐐기글자 찰흙판이 책과 도서관을, 도장이 인쇄 출판을 낳는다.

주민이 어질고 착하고 옳고 반듯하고 지킬 바를 지키는 마을은 향기롭다.

어린아이 어른 되고, 남녀 짝을 맺고, 늙으면, 죽은 이 제사

부지런히 힘써 새롭게 몸과 마음과 슬기와 너그러움을 닦는다.

인습과 관습이 여러 죄와 벌을 정한다.

어리석은 도적을 법이 미리 조심시킨다.

소송과 재판 없이 벌을 줄 수 없다.

황제와 군왕, 영웅과 신하가 생겨난다.

군주가 땅과 벼슬을 내리고 세금과 공물을 거둬들인다.

백성이 부자와 가난한 자, 귀한 자와 천한 자로 나뉜다.

선비는 글을 읽고 농사꾼은 땅을 갈고 장사치는 물건을 바꾸고 고기잡이는 그물을 넓힌다.

집과 관청, 시장과 도시의 말과 글이 어지러이 뒤섞인다.

전쟁은 부부 사이를 끊는다.

관군의 수레와 병사들이 추억을 짓밟는다.

서울과 고을, 시골 골짜기까지 칼바람 슬픈 울음 가득하다.

스승의 고마움을 등 뒤에서 거스르고 엎드려서도 딴마음을 품는다.

시비를 따지고 맹서를 한단들 자식과 손자들을 다칠 뿐이다.

친척어른들이 열 지어 죽음을 슬퍼할 뿐이다.

반란은 얼굴이 붉고 날래다. '아니다 모두 아니다' 소리친다.

시종들은 주인한테 딸리되 떠받들지 않고 어버이로 생각지 않는다.

대책은 쌓이지만 공을 다툴 뿐, 결론은 누를 뿐이다.

차근차근 풀어갈 길이 지리멸렬해진다.

단아와 정절, 귀한 재주, 모두 입에 발린 칭찬일 뿐이다.

본

의논하여 좋은 것을 대대로 가르친다. 물려준다. 학교가 발전한다.

옛것을 뚫으니 새것의 바탕이다.

모방과 반영은 죽마고우

자연 경관이 고막에 음악을 새긴다.

집은 아름다운 사랑의 몸, 건축이 된다.

조각은 끊임없는 오늘의 주인공

회화는 평면의 혼돈이 내쉬는 질서

시는 영원을 곧장 꿰뚫는 순간

소설은 난해를 수용하는 방법

문학은 가장 무르익은 독창성의 사회

연극은 광기를 이겨내고 더 나은 인격에 달한다.

사진은 기묘한 가상현실

텔레비전은 천리안의 예술 희망이다.

숫자는 세월을 둥글게 응축한 무덤

마디로 셈하고 자로 재고 더하고 빼고 나누고 곱한다.

기하는 보석 겉모습을 줄인 숫자

선은 온갖 방향으로 뻗어 스스로 세월의 좌표를 펼친다.

전후좌우로 움직이며 타원과 포물선과 쌍곡선을 그린다.

동서남북 4방을 바로 잡는다.

멀리 떨어진 강산을 수평으로 바닥에 기록한 것이 지도다.

높낮이 따라 지각과 섬까지 기록한다.

널리 마을과 무리에 이름이 붙는다.

참여하고 평가하고 깨닫고 숫자 제로와 방정식을 만든다.

의심하고, 살펴보고, 증명하고, 비교한다.

연역하고 귀납하고 종합하고 분석, 과목을 뽑아낸다.

온몸을 밀어붙이며 한꺼번에 전체를 깨닫고 느낀다.

나사는 쇠물건 속에 숨은 열쇠이자 자물쇠

기계는 직업과 일의 혁명을 부른다.

정치는 육교 위 푸른 신호

선거 투표는 약속의 우편엽서

공경과 낭만이 적당히 섞여들 일이다.

풍자는 오류와 모순도 무릅쓴다.

경제는 거대한, 화려하게 기름진 내장

사용가치와 효용가치가 매매값을 결정한다.

노동과 대차에 공급과 수요가 있다.

무역으로 번 돈을 양식 구입에 쓴다.

화폐가 합쳐 금융이 된다. 모종의 음모가 된다. 반도체가 모종의 완성에 달한다.

별을 지나 은하수 방에서 묵을 일이다.

영혼 방면은 동물의 탈바꿈과 같다.

밝음으로 거룩함을 살리는 목욕재계

방황은 헛됨의 아픔도 은혜로 받아들인다.

소나무 냇가, 정자 연못 연꽃 그늘 아래 낚시

전원의 신선 집 차를 마시니 날마다 길하다.

견자는 한가로이 살며 침묵을 널리 알린다.

군중 속 외로움 따위 버리고 헤아릴 수 없는 깊이를 읽고 듣는다.

술잔 들고 노래하니 아침부터 저물 때까지 따라 부르는 파도 소리

기러기 떼 비단 노을 거느리고 거니는 뜰 안의 고요

붓 들고 종이 가늠하고 뜻 비우고 제목 정한다.

거친 들판에 그리움은 상처지만 모래사막에서는 옥 이슬이다.

보유

以也

以而及之焉哉乎也

以	而	及	之	焉	哉	乎	也
형성문자	상형문자	회의문자	상형문자	상형문자	형성문자	형성문자	가차문자
	늘어진 수염 그리고 그러나 그러므로		걸어가다	언이라 부르는 새 어찌		목소리를 길게 뽑다 말인가	이끼 도다
연장 써		가닿다 및	의		처음 이런		
이	이	급	지	언	재	호	야

甲乙丙丁示十貳支

甲	乙	丙	丁	示	十	貳	支
상형문자	상형문자	상형문자	상형문자	상형문자	가차문자	회의문자	회의문자
				하늘 낌새 보이다 내림			버티다
단단한 껍데기 첫째	둘째 새	셋째 남녘	넷째 고무래		열	이 둘	
갑	을	병	정	시	십	이	지

五六七九絡梧桐箱

五	六	七	九	絡	梧	桐	箱
지사문자	지사문자	지사문자	지사문자	형성문자	형성문자	형성문자	형성문자
				실이 얽히다	오라고 부르는 나무	나뭇결 바른 나무	담아두는 네모꼴
오 다섯	육 여섯	칠 일곱	구 아홉	락	오	동	상

燈臺寺院管絃吹奏

燈	臺	寺	院	管	絃	吹	奏
형성문자	회의문자	회의문자	형성문자	형성문자	형성문자	회의문자	회의문자
	높고 고른 것		담을 두른 집		팽팽히 걸친 줄		양손으로 바치다
등 불울림	대	사 절	원	관 대롱	현	취 불다	주

債券先末恐惶害毒

債	劵	先	末	恐	惶	害	毒
형성문자	형성문자	회의문자	지사문자	형성문자	형성문자	회의문자	형성문자
				자지러지다	놀라다	다치게 하다	지나친
빚 채	어음 쪽 권	먼저 선	마지막 말	공	황	해	독

擴延併揚繁凌駕矢

擴	延	併	揚	繁	凌	駕	矢
형성문자	형성문자	형성문자	회의문자	형성문자	형성문자	형성문자	상형문자
				많아지다	업신여기다	멍에	
넓히다 확	늘이다 연	아우르다 병	날리다 양	번	능	가	화살 시

純軟淑雅姿良毛骨

純	軟	淑	雅	姿	良	毛	骨
형성문자	형성문자	형성문자	형성문자	형성문자	형성문자	상형문자	회의문자
순 새로 짠 실	연 바뀌 느슨한	숙 맑게 가득 차다	아 새 맑은	자 맵시	양 좋은	모 털	골 살이 붙은 뼈

窓鏡照準規御靜凍

窓	鏡	照	準	規	御	靜	凍
형성문자	형성문자	회의문자	형성문자	회의문자	형성문자	형성문자	형성문자
창 집 안 밝은 눈	경 거울	조 비치다	준 고르게 하다	규 바르게 하다	어 거느려 다스리다	정 움직이지 않다	동 얼다

徘徊陌壁殷唐碑銘

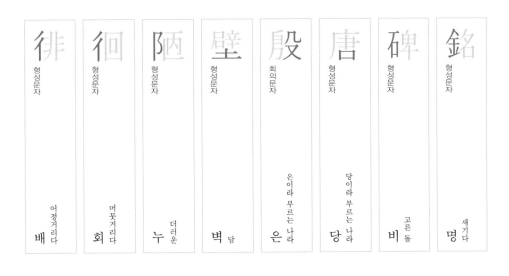

徘	徊	陌	壁	殷	唐	碑	銘
형성문자	형성문자	형성문자	형성문자	회의문자	형성문자	형성문자	형성문자
				은이라 부르는 나라	당이라 부르는 나라		새기다
어정거리다	머뭇거리다	더러운	담			고른 돌	
배	회	누	벽	은	당	비	명

宅澤散郡城蠻謝烹

宅	澤	散	郡	城	蠻	謝	烹
형성문자	형성문자	형성문자	형성문자	형성문자	형성문자	형성문자	회의문자
				흙 쌓아 사람들 지키다		고마워하다	삶다
칸 많은 집	늪	흩다	큰 고을		오랑캐		
택	택	산	군	성	만	사	팽

紡績綿染藍丹紫牒

紡	績	綿	染	藍	丹	紫	牒
형성문자	형성문자	회의문자	회의문자	형성문자	지사문자	형성문자	형성문자
						쪽빛 도는 짙은 빨강	써서 보내는 글
방 길쌈	적 길쌈하다	면 솜	염 물들이다	남 쪽빛	단 빨강	자	첩

蘚苔笑魔悚慄葛藤

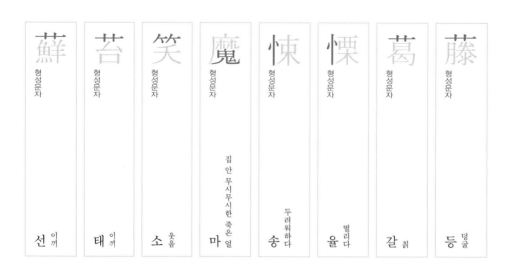

蘚	苔	笑	魔	悚	慄	葛	藤
형성문자	형성문자	형성문자	형성문자	형성문자	형성문자	형성문자	형성문자
			집 안 무시무시한 죽은 얼	두려워하다			
선 이끼	태 이끼	소 웃음	마	송	율 떨리다	갈 칡	등 덩굴

互頑拙述餘飯摩擦

互	頑	拙	述	餘	飯	摩	擦
상형문자	형성문자	형성문자	형성문자	형성문자	형성문자	형성문자	형성문자
			천천히 말하다				문지르다
호 서로	완 고집센	졸 서툰	술	여 남다	반 밥	마 갈다	찰

橙緊捕酸炭葡萄糖

橙	緊	捕	酸	炭	葡	萄	糖
형성문자	형성문자	형성문자	형성문자	형성문자	형성문자	형성문자	형성문자
등자라 부르는 나무		사로잡다			포라 부르는 머루	도라 부르는 머루	단맛 퍼지다
등	긴 팽팽한	포	산 신	탄 숯	포	도	당

攝蛋肪澱排泄酪粉

- 攝 형성문자 섭 꾸려 나가다
- 蛋 형성문자 단 새알
- 肪 형성문자 방 비계
- 澱 형성문자 전 앙금
- 排 형성문자 배 밀쳐 열다
- 泄 형성문자 설 싸다
- 酪 형성문자 낙 쇠젖
- 粉 형성문자 분 가루

糟糠妻傭充崩錐軸

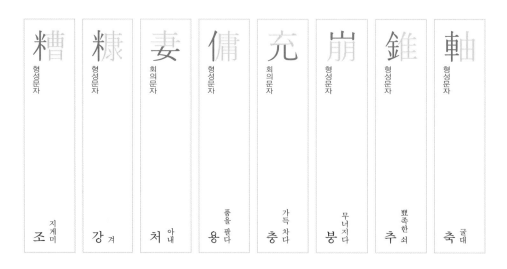

- 糟 형성문자 조 지게미
- 糠 형성문자 강 겨
- 妻 회의문자 처 아내
- 傭 형성문자 용 품을 팔다
- 充 회의문자 충 가득 차다
- 崩 형성문자 붕 무너지다
- 錐 형성문자 추 뾰족한 쇠
- 軸 형성문자 축 굴대

巖誕涯剝據獲昆奪

巖	誕	涯	剝	據	獲	昆	奪
형성문자	형성문자	회의문자	형성문자	형성문자	형성문자	회의문자	회의문자
험한 바위	늘여뜨려 낳다	물가 벼랑	칼로 벗기다	붙잡고 살다	개를 풀어 잡다	내 아이	빼앗다
암	탄	애	박	거	획	곤	탈

尊嚴堡壘貯渠云點

尊	嚴	堡	壘	貯	渠	云	點
회의문자	형성문자	형성문자	형성문자	형성문자	형성문자	상형문자	형성문자
우러르다	바위 많은 험한 메	방죽	쌓다	모아두다	도랑	이르다	검고 작은 얼룩
존	엄	보	루	저	거	운	점

其差甚括輕詳推釋

其	差	甚	括	輕	詳	推	釋
상형문자	회의문자	회의문자	형성문자	형성문자	형성문자	형성문자	형성문자
그 뉫이냐	엇갈리다	매우 심	동여매다	몸이 가벼운	다 말하다	따지다	풀어내다
기	차	심	괄	경	상	추	석

鈍邊惰幅逸斜誘整

鈍	邊	惰	幅	逸	斜	誘	整
형성문자	형성문자	형성문자	형성문자	회의문자	형성문자	형성문자	회의문자
무딘 둔	곁 변	게으른 타	너비 폭	어영부영 없어지다 일	비스듬한 사	꾀다 유	가지런히 하다 정

菌疫破壞膨脹胃肛

菌 형성문자 버섯 균
疫 형성문자 돌아가며 앓음 역
破 형성문자 깨뜨리다 파
壞 형성문자 허물어지다 괴
膨 형성문자 부풀다 팽
脹 형성문자 붓다 창
胃 회의문자 밥통 위
肛 형성문자 똥구멍 항

複製汚泥咀呪虐殺

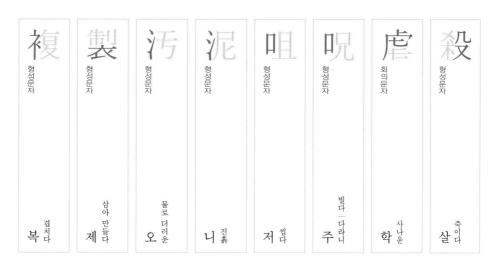

複 형성문자 겹치다 복
製 형성문자 삼아 만들다 제
汚 형성문자 물로 더러운 오
泥 형성문자 진흙 니
咀 형성문자 씹다 저
呪 형성문자 빌다─다라니 주
虐 회의문자 사나운 학
殺 형성문자 죽이다 살

狩獵採菜恒久妾庶

狩	獵	採	菜	恒	久	妾	庶
형성문자	형성문자	회의문자	형성문자	회의문자	지사문자	회의문자	회의문자
	몸을 갈겨 사냥하다			언제까지나	길고 오랜		
사냥하다		캐다	나물			시앗	여러
수	렵	채	채	항	구	첩	서

銳芥燃燒防禦彈丸

銳	芥	燃	燒	防	禦	彈	丸
형성문자	형성문자	회의문자	형성문자	형성문자	형성문자	형성문자	형성문자
				둑을 쌓아 막다	멈추게 하다	알 쏘는 활	
날카로운	겨자	사르다	타오르다				알
예	개	연	소	방	어	탄	환

苛烈恥辱控除缺乏

苛	烈	恥	辱	控	除	缺	乏
형성문자	형성문자	형성문자	회의문자	형성문자	형성문자	회의문자	지사문자
모진	매운	부끄러운	더럽히다	당기다	덜다	이지러지다	모자라다
가	열	치	욕	공	제	결	핍

召喚診症損災把握

召	喚	診	症	損	災	把	握
형성문자	형성문자	형성문자	형성문자	형성문자	형성문자	형성문자	형성문자
소리 내어 부르다	시끄럽게 부르다	조심조심 살피다	앓는 바	잃다	물불의 나쁜 짓	쥐다	끈질기게 쥐다
소	환	진	증	손	재	파	악

傲慢侵透飢饉黨派

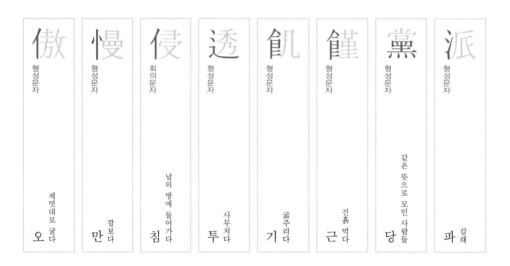

傲 형성문자 제멋대로 굴다 오

慢 형성문자 깔보다 만

侵 회의문자 남의 땅에 들어가다 침

透 형성문자 사무치다 투

飢 형성문자 굶주리다 기

饉 형성문자 진흙 먹다 근

黨 형성문자 같은 뜻으로 모인 사람들 당

派 형성문자 갈래 파

腐敗順航興盛挫折

腐 형성문자 썩다 부

敗 형성문자 싸움에 지다 패

順 형성문자 고분고분한 순

航 형성문자 배를 타고 가다 항

興 회의문자 일으키다 흥

盛 형성문자 많아지다 성

挫 형성문자 꺾다 좌

折 회의문자 잘라 꺾다 절

船舶特殊技巧設備

船	舶	特	殊	技	巧	設	備
형성문자	형성문자	형성문자	형성문자	형성문자	형성문자	형성문자	형성문자
물 따라 가는 배	큰 배	뛰어난	남다른	손재주	솜씨 있는	베풀어 세우다	마련하다
선	박	특	수	기	교	설	비

犧牲履簫穫織纖維

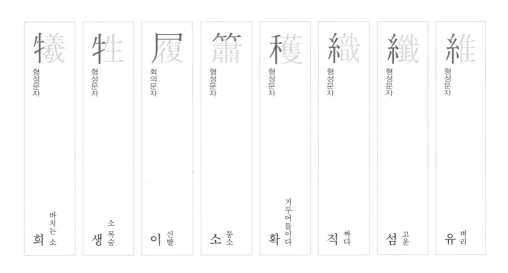

犧	牲	履	簫	穫	織	纖	維
형성문자	형성문자	회의문자	형성문자	형성문자	형성문자	형성문자	형성문자
바치는 소	소 목숨	신발	통소	거두어들이다	짜다	고운	벼리
희	생	이	소	확	직	섬	유

脊椎移殖編輯醉胚

脊	椎	移	殖	編	輯	醉	胚
회의문자	형성문자	형성문자	형성문자	형성문자	형성문자	형성문자	형성문자
척 등마루	추 등뼈	이 옮기다	식 불리다	편 엮다	집 모으다	취 술을 비우다	배 아기를 배다

擇劣矮鹽濕漏硬肢

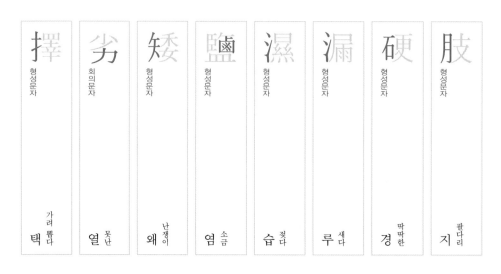

擇	劣	矮	鹽	濕	漏	硬	肢
형성문자	회의문자	형성문자	형성문자	형성문자	형성문자	형성문자	형성문자
택 가려 뽑다	열 못난	왜 난쟁이	염 소금	습 젖다	루 새다	경 딱딱한	지 팔다리

軌旋確捺塹壕提携

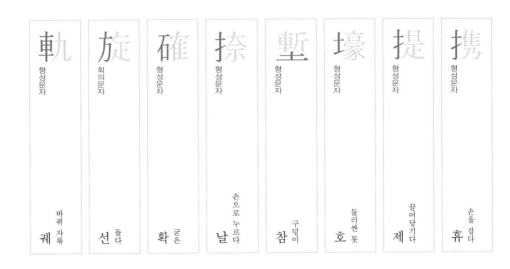

軌	旋	確	捺	塹	壕	提	携
형성문자	회의문자	형성문자	형성문자	형성문자	형성문자	형성문자	형성문자
바퀴 자국	돌다	굳은	손으로 누르다	구덩이	둘러싼 못	끌어당기다	손을 잡다
궤	선	확	날	참	호	제	휴

謙廉奉仕潤蓄額庫

謙	廉	奉	仕	潤	蓄	額	庫
형성문자	형성문자	회의문자	형성문자	형성문자	형성문자	형성문자	회의문자
스스로 모자라다고 하다	깨끗한	섬기다	벼슬하다	젖다	모아두다	머릿수	모아두는 집
겸	염	봉	사	윤	축	액	고

躁鬱怨妄閉廢喩聯

躁	鬱	怨	妄	閉	廢	喩	聯
형성문자	형성문자	형성문자	형성문자	회의문자	형성문자	형성문자	형성문자
떠들썩한	답답한	고깝게 여기다	어둡고 거슬리다	닫다	망가지다	깨우치다	잇닿다
조	울	원	망	폐	폐	유	연

付託衝突周圍鉛鎔

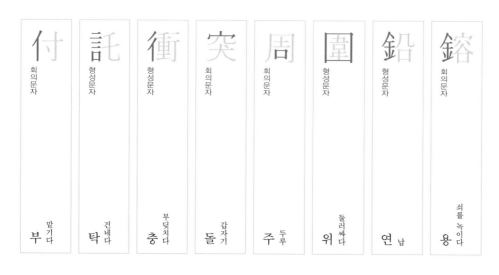

付	託	衝	突	周	圍	鉛	鎔
회의문자	형성문자	형성문자	회의문자	회의문자	형성문자	형성문자	회의문자
맡기다	건네다	부딪치다	갑자기	두루	둘러싸다		쇠를 녹이다
부	탁	충	돌	주	위	연 납	용

奴卑賠償竊癖暴騰

奴	卑	賠	償	竊	癖	暴	騰
회의문자	회의문자	형성문자	형성문자	회의문자	형성문자	회의문자	형성문자
					고치기 어려운 버릇		오르다
사내 종	낮은	물어주다	갚다	훔치다		거센	
노	비	배	상	절	벽	폭	등

躍避颱救臟窒失胞

躍	避	颱	救	臟	窒	失	胞
형성문자	형성문자	형성문자	형성문자	형성문자	형성문자	형성문자	회의문자
							뱃속 아이를 둘러싼 꺼풀
	벗어나 가다	몹시 부는 바람	건지다	뱃속 창자들	막다	잃어버리다	
뛰다							
약	피	태	구	장	질	실	포

遞屈闊妨警淫猥褻

遞	屈	闊	妨	警	淫	猥	褻
형성문자	형성문자	형성문자	형성문자	회의문자	형성문자	형성문자	형성문자
번갈아 가다	굽히다	넓게 트이다	헤살 놓다	알리다	축축하게 적시다	막가는	더러운
체	굴	활	방	경	음	외	설

迫在潔客被決統側

迫	在	潔	客	被	決	統	側
형성문자	형성문자	형성문자	형성문자	형성문자	형성문자	형성문자	형성문자
다그치다	있다	마음이 맑은	손	덮어씌우다	틔우다	거느리다	옆
박	재	결	객	피	결	통	측

依套錯催淡溪琴響

依	套	錯	催	淡	溪	琴	響
형성문자	회의문자	형성문자	형성문자	형성문자	형성문자	상형문자	형성문자
기대다	씌우다	어긋나다	서두르게 하다	맛이 맑은	개울	거문고	메아리치다
의	투	착	최	담	계	금	향

敢詠讚卽招勳誠姦

敢	詠	讚	卽	招	勳	誠	姦
형성문자	형성문자	형성문자	회의문자	형성문자	형성문자	형성문자	회의문자
구태여	길게 읊다	추어올리다	곧바로	손짓하여 부르다	임금에게 애쓰다	참되게 하다	남의 계집과 살을 섞다
감	영	찬	즉	초	훈	성	간

縣際儒尹耐衰爐灰

縣	際	儒	尹	耐	衰	爐	灰
회의문자	형성문자	형성문자	회의문자	형성문자	상형문자	형성문자	회의문자
조금 큰 고을	사이	베푸는 선비	다스리는 벼슬	견디다	힘이 빠지다	불 모아두는 곳	
현	제	유	윤	내	쇠	노	회 재

錄肅寡句似扶傾樓

錄	肅	寡	句	似	扶	傾	樓
형성문자	회의문자	회의문자	회의문자	형성문자	형성문자	형성문자	형성문자
새겨두다	삼가고 두려워하다	적은 홀어미	글줄	닮다	일손을 돕다	기울다	다락
녹	숙	과	구	사	부	경	루

急陣降煩擬司街架

急	陣	降	煩	擬	司	街	架
형성문자	형성문자	회의문자	회의문자	형성문자	가차문자	형성문자	형성문자
빨리 하다	무리를 벌여놓다	내리다	성가신	비기다	맡다	거리	시렁
급	진	항	번	의	사	가	가

勸扇辯涼威責汎怖

勸	扇	辯	涼	威	責	汎	怖
형성문자	회의문자	형성문자	형성문자	형성문자	형성문자	형성문자	형성문자
외쳐 일하게 하다	부채	말을 잘하다	서늘한	으르다	꾸짖다	널리 걸치다	두려운
권	선	변	량	위	책	범	포

復補堅抗殿闕肺筋

復	補	堅	抗	殿	闕	肺	筋
형성문자	형성문자	형성문자	형성문자	형성문자	형성문자	형성문자	회의문자
				아주 크고 훌륭한 집	임금 사는 곳		
부 다시	보 깁다	견 굳은	항 겨루다	전	궐	폐 허파	근 힘줄

慈隣忌儀拷僞惑他

慈	隣	忌	儀	拷	僞	惑	他
형성문자	형성문자	형성문자	형성문자	형성문자	형성문자	형성문자	형성문자
			올바른 몸짓		그릇되다	어쩌다가 생각	다른 사람
자 사랑	린 이웃	기 꺼리다	의	고 때리다	위	혹	타

徵遵俊貌課續剩麥

徵	遵	俊	貌	課	續	剩	麥
회의문자	형성문자	형성문자	형성문자	형성문자	형성문자	형성문자	회의문자
불러 모으다	따라가다	매우 뛰어난	꾸민 얼굴	시킨 일	이어지다	자르고 남다	보리
징	준	준	모	과	속	잉	맥

奈乃購油賦硯騎爵

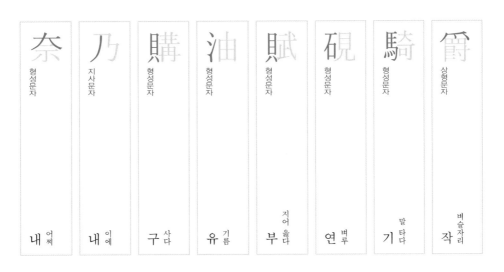

奈	乃	購	油	賦	硯	騎	爵
형성문자	지사문자	형성문자	형성문자	형성문자	형성문자	형성문자	상형문자
어찌	이에	사다	기름	지어 올다	벼루	말 타다	벼슬자리
내	내	구	유	부	연	기	작

蘭棠孔孟潛港激蕪

蘭	棠	孔	孟	潛	港	激	蕪
형성문자	형성문자	회의문자	형성문자	형성문자	형성문자	형성문자	형성문자
란이라 부르는 풀	아가위	구멍	맏이	물에 가라앉다	뱃길	물결이 부딪쳐 흐르다	거치른
란	당	공자 공	맹자 맹	잠	골목 항	격	무

褐腹窟聚離彼匠局

褐	腹	窟	聚	離	彼	匠	局
형성문자	형성문자	형성문자	형성문자	형성문자	형성문자	회의문자	회의문자
굵은 베	배	움집	함께하다	헤어지다	저	바치	판
갈	복	굴	취	이	피	장	국

著鑛誇飾銅鐘欣件

著	鑛	誇	飾	銅	鐘	欣	件
형성문자	형성문자	형성문자	형성문자	형성문자	형성문자	형성문자	형성문자
		큰소리치다	꾸미다	구리	쇠북	웃으며 즐거워하다	일
저 짓다	광 쇳돌	과	식	동	종	흔	건

簡獸企啓緩又超占

簡	獸	企	啓	緩	又	超	占
형성문자	회의문자	회의문자	회의문자	형성문자	상형문자	형성문자	회의문자
		꾀하다	일깨워주다	느린	또	뛰어오르다	갈라진 금을 보고 앞날을 미리 알다
간 대쪽	수 짐승	기	계	완	우	초	점

況冶磨朱戟伐鋼綱

況	冶	磨	朱	戟	伐	鋼	綱
형성문자	형성문자	형성문자	지사문자	회의문자	회의문자	형성문자	형성문자
황 하물며	야 풀무	마 돌로 갈다	주 붉은	극 가지 있는 찌르는 꼬챙이	벌 베어 치다	강 단단한	강 벼리

途頂替珠番符籍譜

途	頂	替	珠	番	符	籍	譜
형성문자	형성문자	형성문자	형성문자	상형문자	형성문자	형성문자	형성문자
도 걸어다니는 길	정 꼭대기	체 바꾸다	주 방울	번 째	부 믿는 반쪽	적 한 자 길이 대쪽	보 가지런히 쓴 것

期讓雇隷渡部筍伸

期	讓	雇	隷	渡	部	筍	伸
형성문자	형성문자	형성문자	형성문자	형성문자	형성문자	형성문자	형성문자
때	고이 물리치다	품을 팔다	종	물을 건너다	작게 나누다	대 싹	펴다
기	양	고	예	도	부	순	신

增株顧赦厭嫌累偏

增	株	顧	赦	厭	嫌	累	偏
형성문자	형성문자	형성문자	형성문자	형성문자	형성문자	형성문자	형성문자
더하다	그루	돌아보다	풀어주다	싫어하다	미워하다	괴로움	치우치다
증	주	고	사	염	혐	누	편

竝疏橫剖張陪旣遡

竝	疏	橫	剖	張	陪	旣	遡
회의문자	형성문자	형성문자	형성문자	형성문자	형성문자	형성문자	형성문자
나란히	트이다	가로	쪼개다	배풀다	모시다	이미	거스르다
병	소	횡	부	장	배	기	소

牽秉粹滴振壤壇閣

牽	秉	粹	滴	振	壤	壇	閣
형성문자	회의문자	형성문자	형성문자	형성문자	형성문자	형성문자	형성문자
끌다	쥐다	다른 것이 섞이지 않은	물방울	떨치다	흙덩이	높게 쌓은 자리	다락집
견	병	수	적	진	양	단	각

疲副獎樞翼勿荷賂

疲	副	獎	樞	翼	勿	荷	賂
형성문자	형성문자	형성문자	형성문자	형성문자	상형문자	형성문자	형성문자
		크게 힘쓰게 하다					잘 봐달라며 건네는 것
지치다	버금		지도리	날개		짊어지다	
피	부	장	추	익	물 말라	하	뢰

搾稿幕閥漸障癌隕

搾	稿	幕	閥	漸	障	癌	隕
회의문자	형성문자	형성문자	형성문자	형성문자	형성문자	형성문자	형성문자
		가리는 형겊				큰 부스럼	떨어지다
짜내다	볏집		집안	차츰	가로막다		
착	고	막	벌	점	장	암	운

棄爆骸耗猶婉滲濤

棄	爆	骸	耗	猶	婉	滲	濤
회의문자	형성문자	형성문자	형성문자	형성문자	형성문자	형성문자	형성문자
버리다	터지다	흰 뼈	써버리다	오히려	예쁜	스며들다	물결치다
기	폭	해	모	유	완	삼	도

禹秦漢亞珊瑚礁緯

禹	秦	漢	亞	珊	瑚	礁	緯
상형문자	회의문자	형성문자	상형문자	형성문자	형성문자	형성문자	형성문자
우라 부르는 성씨	진이라 부르는 나라	한이라 부르는 나라	버금	산이라 부르는 옥	호라 부르는 옥	숨은 바윗돌	씨줄
우	진	한	아	산	호	초	위

姸鑑劑抹鍍蓋翔彗

姸	鑑	劑	抹	鍍	蓋	翔	彗
형성문자	형성문자	형성문자	형성문자	형성문자	형성문자	형성문자	회의문자
		가지런히 베다	지우다	쇠를 얇게 입히다	덮개	날다	꼬리별
연 고운	감 거울	제	말	도	개 덮개	상	혜

弧宥羨弁焦劾煽沸

弧	宥	羨	弁	焦	劾	煽	沸
형성문자	형성문자	형성문자	회의문자	형성문자	형성문자	회의문자	형성문자
	너그럽게 받아들이다	부러워하다		그을리다	캐묻다	부채질하다	들끓다
호 활 굽이	유	선	변 고깔	초	핵	선	비

瀆堆幇庸桓邸祉溜

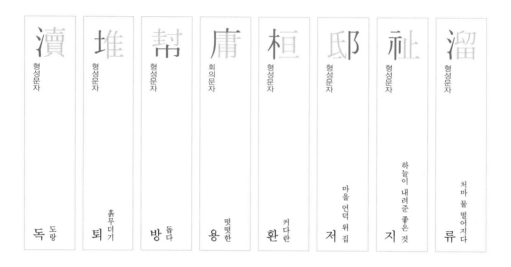

瀆	堆	幇	庸	桓	邸	祉	溜
형성문자	형성문자	형성문자	회의문자	형성문자	형성문자	형성문자	형성문자
					마을 언덕 위 집	하늘이 내려준 좋은 것	처마 물 떨어지다
독 도랑	퇴 흙무더기	방 돕다	용 떳떳한	환 커다란	저	지	류

棚仲僚輸隻拂鎖

棚	仲	僚	輸	隻	拂	鎖
형성문자	형성문자	형성문자	형성문자	회의문자	형성문자	형성문자
		같은 벼슬아치				
붕 사다리	중 버금	료	수 보내다	척 외짝	불 떨치다	쇄 쇠사슬

색인

225

색인

색인